UNE

# VOIX DU MORVAND,

Par

## A. DUVIVIER.

NEVERS.

N. DUCLOS ET FAY,
RUE DE L'ORATOIRE, 11.

M. DCCC XL.

UNE

# VOIX DU MORVAND.

NEVERS. — IMP. DE N. DUCLOS ET FAY.

UNE

# VOIX DU MORVAND,

Par

## A. DUVIVIER.

## NEVERS.

N. DUCLOS ET FAY,

RUE DE L'ORATOIRE, 11.

M. DCCC XL.

# UNE VOIX
# DU MORVAND.

Je laisse mon regard errant,
Des sommets boisés du Morvand
Se répandre dans la prairie.....

Page 4.

DÉCEMBRE 1839.

L'auteur de ce livre a longtemps habité
le Morvand. Il l'a habité, à son début dans
le monde, à cet âge où, comme au printemps les arbres ont plus de sève, l'imagination de l'homme a plus de poésie.

Il l'a parcouru en tous sens : il a suivi souvent, entre deux haies odorantes et harmonieuses, ses chemins, ses *vialets*[1], qui offrent, à chaque pas, des horizons nouveaux, soit qu'ils montent, soit qu'ils descendent, tortueux toujours; il a souvent surpris les premiers rayons du jour, sur le sommet de ses montagnes; il a souvent égaré ses pas et ses rêveries sous les feuillages mystérieux de ses forêts druidiques; il s'est assis souvent aux bords de ses ruisseaux mélancoliques et aux foyers hospitaliers de ses paisibles habitants.

C'est dans le Morvand qu'il a fait son apprentissage de la vie sociale; c'est dans le Morvand qu'il a recueilli ses inspirations.

Dans ce pays, la nature n'a rien de gran-

[1] *Vialet*, petit chemin, sentier, du latin *via*.

diose, rien de gigantesque, rien de majes-
tueux : les pièces d'eau ne sont point des
lacs ; les montagnes ne sont point couvertes
de neiges éternelles, comme les pics ambi-
tieux des Alpes : le Mont-Pernay n'est point
le Mont-Blanc ; les vallées de la Cure et de
Chaneau ne sont point les vallées d'Aoste
et de Chamouny. Mais, pour être plus
modeste, la Suisse du Nivernais n'en est
pas moins singulièrement pittoresque. La
chaîne de ses montagnes est capricieuse-
ment coupée, tantôt par d'agréables vallons, tantôt par de profonds ravins. Ses
horizons ne flottent point vagues et indé-
cis, noyés dans des brumes perpétuelles :
d'une proportion plus saisissable, ils se des-
sinent nus, arrondis, festonnés, bizarres, em-
preints toujours d'une mâle et sauvage ori-
ginalité. Ses paysages ont des tons excessi-
vement multipliés : ici, des montagnes cou-

ronnées de noires forêts, aux flancs des-
quelles sont suspendus de riants châlets;
là, des collines cultivées, couvertes de jau-
nes moissons, de frais villages éparpillés
aux pieds; plus loin, de grasses prairies, avec leurs blancs troupeaux; puis,
de larges étangs verts; partout, les acci-
dents les plus romantiques, les aspects les
plus variés. On n'y voit point des massifs
de peupliers robustes ou de pins majes-
tueux; mais une végétation vivace et
noueuse : le hêtre au feuillage lisse et
touffu, l'*argolet*¹ vert et dentelé, le châtai-
gnier rabougri, l'humble bouleau, le ti-
mide genévrier et le genêt, qui dore de ses
belles fleurs les champs de seigle ou de sar-
razin.

C'est un beau pays que le Morvand !

¹ Le houx.

Là, vit une race d'hommes âpres et rudes comme la nature du sol, à la physionomie pleine d'expression, tranchée comme elle; des hommes à la taille moyenne, trapus et bien proportionnés, à l'allure libre et alerte, à l'air vif et rusé, au caractère ouvert et entreprenant, à l'instinct prompt et hardi, à l'imagination forte et ardente; des hommes à la vie de fatigues et de tranquillité, lacs endormis que n'ont pas même ridés nos grands orages politiques.

Le Morvandeau n'a rien de commun avec l'habitant des autres contrées du Nivernais, mais il a quelque analogie, quelque linéaments de ressemblance avec l'*highlander* de l'Écosse : il est attaché, comme lui, à ses montagnes, à son *clan*; il est prompt et vindicatif, comme lui; comme lui encore, il est généreux et hospitalier. A travers bien

des siècles et bien des révolutions, il est ar-
rivé jusqu'à nous, avec ses mœurs presque
primitives, ses coutumes si bizarres et si in-
téressantes. Il a son langage à lui, doux et
véhément, semé d'images, de comparaisons,
toujours fortement accentué et hérissé parfois d'énergiques interjections[1].

Il ne quitte pas le coin du monde où il

---

[1] Cet idiôme, formé du celtique, dans lequel on trouve quelques mots
d'origine latine, comme *vialet*, *campane*, cloche, de *campana*, etc., etc.,
est assez agréable à l'oreille; plusieurs consonnes y sont adoucies :
*g* et *j*, se prononcent comme *z*, *zeune*, *zendre*, *zuze*, jeune, gendre,
juge; *ch* comme *s* ou *ç*, *çant*, *çanzement*, *çarité*, pour chant, change-
ment, charité. Ainsi que dans l'italien, notre *l* au milieu d'un mot,
suivi d'une voyelle, se change en *i*, *fieur*, *bié*, *bianc*, *piante*, pour fleur,
blé, blanc, plante. *Gn* est quelquefois nul, *companie*, compagnie, etc.
Le son de l'*o* se mitige avec celui de l'*a*, et l'*a* lui-même se mitige avec l'*é*.
La terminaison en *o* et en *ot* est la plus nombreuse dans les substantifs et
dans les verbes. Du reste, ce patois, outre son accent à lui, a des mots
corrompus ou défigurés, ou qui lui sont si particuliers qu'il faut, pour
les comprendre, avoir habité quelque temps parmi les Morvandeaux.
Leur jurement le plus ordinaire est *tounar!* qui ne veut dire autre chose
que *tonnerre!*

est né : il meurt où a vécu son père, où mourront ses enfants; le même toit les abrite tous, le même champ les nourrit, le même gazon les couvrira. Il vante, il aime, il chérit son endroit, son clocher, sa *mayon* [1]. C'est tout pour lui : rien n'attire ses vœux au-delà de ce petit horizon. Pauvre, économe, riche seulement de l'*aurea paupertas* du poète, il se contente de peu ; il mesure ses désirs à ses besoins. Sobre, laborieux, actif, il parvient assez généralement à un âge très-avancé, avec la force physique et la vigueur morale qu'on laisse aux bornes ordinaires de la vie, quand on les dépasse.

Dans le Morvand, fleurissent les vertus domestiques, la piété filiale surtout. Les vieillards y sont environnés des respects,

---

[1] Maison.

des prévenances, des soins les plus assi-
dus, les plus empressés de la famille. Rien
ne s'agite, rien ne s'entreprend, rien ne se
fait, sans qu'au préalable, on ait pris l'avis
du patriarche de la maison. On a recours
à lui dans les moindres circonstances; ses
décisions sont des arrêts. L'aïeul a parlé,
dit-on; et toute la communauté obéit à sa
voix. L'aïeul, c'est le chef, c'est le roi de
cette petite tribu.

Les habitants du Morvand sont hommes
de bonne heure, et, de bonne heure, ils se
marient. De là ces nombreuses générations
qui, vivant sous la paternelle administration
du plus âgé de la famille, occupent quelquefois un hameau tout entier, auquel elles ont
donné leur nom. Le Morvandeau n'abandonne le toit héréditaire que lorsque, la
communauté devenue trop nombreuse, le

domaine ne suffit plus pour l'occuper et la nourrir. Alors, partent des colonies qui vont se fixer ailleurs, ou bien, comme les enfants de Savoie et d'Auvergne, quelques hommes se condamnent à des migrations temporaires. Les *galvachers*[1], avec une ou plusieurs voitures, d'une forme toute particulière et attelées de deux bœufs seulement, descendent, au printemps, de leurs montagnes et vont amasser, au loin, la petite fortune qui doit aider la famille à vivre pendant l'hiver.

Dans cette saison de l'année, ils s'occupent à tisser la toile ou à charonner les instruments propres au labourage. Puis, le soir venu, la famille au complet se range en

---

[1] *Galvacher*, vacher gaulois, homme qui conduit les charriots attelés de bœufs ou de vaches.

cercle autour du vaste foyer, placé dans le milieu de la chambre et dans lequel se tordent les branches vertes des genêts. Les *galvachers* racontent leurs impressions de voyage, les vieillards séculaires, leurs souvenirs de jeunesse ou les traditions qu'ils tiennent eux-mêmes de leurs aïeuls, les légendes fantastiques ou les chroniques féodales du hameau, les prouesses surhumaines des sorciers ou les cures miraculeuses des *gougneurs*[1].

Mais, peu à peu, la physionomie du Morvand s'efface. De nouvelles routes s'ouvrent qui doivent répandre partout notre uniforme civilisation. Encore quelques années, et l'individualité morvandelle aura entièrement disparu. Déjà, chassée des lieux que tra-

---

[1] *Gougneur*, paysan médecin et vétérinaire.

versent ces routes, elle semble, comme autrefois la nationalité gauloise, se concentrer
au Mont-Beuvray, qui n'a vu jusqu'ici grim-
per à son sommet que ses vieilles voies ro-
maines et serpenter à ses pieds que des chemins vicinaux de date immémoriale. Oui,
encore quelques années, et les mœurs du
Morvand, ses coutumes, son langage, tout
aura péri, submergé par nos modernes ins-
titutions.

Aussi, l'auteur de ce livre qui connaît le
Morvand et qui l'aime, espère-t-il que le
*Nivernais* transmettra à la postérité au moins
une partie de ce que cette contrée de la
Nièvre, vierge encore d'explorations artis-
tiques et si digne pourtant d'être visitée,
offre de sites ravissants, de gracieuses légendes et de souvenirs historiques.

Quant à lui, en intitulant ces poésies *Une*

*Voix du Morvand,* il n'a d'autre prétention que celle de dédier, en quelque sorte, à ce pays, un volume dont presque toutes les pièces y ont été composées.

Nevers, 24 Décembre 1839.

# UNE VOIX DU MORVAND.

Ce n'est point de la poésie de tumulte, ou de bruit, c'est l'écho de ces pensées, souvent inexprimables, qu'éveillent confusément dans notre esprit les mille objets de la création qui souffrent ou qui languissent autour de nous, une fleur qui s'en va, une étoile qui tombe, un soleil qui se couche. Ce sont, sur la vanité des projets et des espérances, sur l'amour à vingt ans, sur tout ce qu'il y a de triste dans le bonheur, sur cette infinité de choses douloureuses dont se composent nos années, ce sont de ces élégies comme le cœur du poète en laisse écouler par toutes les fêlures que lui font les secousses de la vie ; ce sont des vers sereins et paisibles, des vers comme tout le monde en fait ou en rêve, des vers de la vie privée, des vers de l'intérieur de l'ame.

Victor HUGO.

# I

## LE SOIR

### SUR L'APPENELLE.

# LE SOIR

## SUR L'APPENELLE[1].

### A M. le docteur Cogny.

Quand le jour passe à l'horizon ,

Là-bas , sur l'Appenelle , à l'ombre

[1] L'Appenelle est une montagne qui domine, à l'ouest, la ville de Luzy.
De son sommet, couronné de bois, le regard embrasse une des plus belles
perspectives du Morvand.

D'un vieux hêtre au feuillage sombre,
Je vais m'asseoir sur le gazon.


Du soleil les lueurs mourantes
M'enlacent de réseaux dorés,
Et tous mes sens sont enivrés
De bruit et de fleurs odorantes.


J'entends le murmure lointain
Des troupeaux gagnant le village,
Les sons pieux qui, d'âge en âge,
Nous font prier soir et matin.


Bientôt, quittant ma rêverie,
Je laisse mon regard errant,

Des sommets boisés du Morvand
Se répandre dans la prairie.....


Ici, quel magique tableau !...
Au front d'un rocher solitaire ,
Où l'aigle aurait bâti son aire ,
Blanchit un moderne château ' !


Là , c'est Beuvray , dans les nuages,
Avec ses éternels chemins,
Où grandit l'ombre des Romains,
Sous de druïdiques feuillages !


Partout des forêts et des monts
A verdoyante chevelure;

ı Le château de La Roche-Millay, qui appartient à la famille de Laferté,
est situé, sur un rocher, dans une gorge au fond de laquelle se dresse le
Mont-Beuvray. C'est un site ravissant.

Des sillons d'eau paisible et pure ,

Et des champs riches de moissons ;


Aux flancs escarpés des montagnes

De riants chalets suspendus ;

De modestes hameaux perdus

Dans les vastes plis des campagnes ;


Et des horizons festonnés

Encadrent ce beau paysage ,

Réflétant sur leur vert feuillage

Les feux dont ils sont couronnés.


Puis , plus près de moi, c'est la ville

Avec son vieux castel détruit[1],

---

[1] Le château de Luzy, dont il ne reste plus que les murailles de clôture
et une tour qui sert maintenant de prison de ville, appartenait aux Ducs
de Nevers.

Et la Halaine qui la fuit ,

D'un cours sinueux et tranquille ;


Puis les débris du Prieuré ',

Lieux consacrés à la prière ,

Et maintenant un cimetière

Où mes yeux ont déjà pleuré...


Frappante image de la vie !...

Autour de nous tout est vigueur ,

Tout semble éclater de bonheur ,

Au sein des bois , dans la prairie ;


Un frais et sublime tableau

S'étend du couchant à l'aurore.


' C'est le Prieuré des Bénédictins de Saint-André-les-Luzy, dont on ne voit plus qu'un pignon, à l'ombre duquel dort le cimetière.

Regardez! regardez encore :

Là-bas, vous verrez un tombeau !...

Juillet 1836.

# A R****

Tu crois donc que je souffre? Eh bien! je vais te dire,
Puisque ton doux regard, pauvre enfant, ne peut lire
Les lignes de chagrin écrites sur mon front,
Je vais donc,—fais-je bien!—comme tu le demandes
Te dévoiler pourquoi des tristesses si grandes
A ma tête ont creusé plus d'un sillon profond.

Écoute-moi ! — La nuit, à l'heure où tout sommeille,

Dans ton alcove aussi tu dors, fraîche et vermeille :

Dans les plis de ta bouche un souvenir sourit,

Un beau rêve frémit à tes longs cils de soie !..

Oh ! tu goûtes alors une ineffable joie :

Dans de riants pensers s'égare ton esprit !..


Mais moi ! si tu savais quel dur tourment me ronge !

Jamais pour moi la nuit ne brille d'un doux songe,

Jamais pour moi la nuit n'amène le sommeil !

Mon insomnie entend et recueille chaque heure,

Et lorsque vient l'aurore, elle me voit qui pleure,

Tandis que toi, tu ris, joyeuse, à ton réveil....


Malheur, malheur à moi !... Mon ame est oppressée

Sous le joug écrasant d'une sombre pensée,

Qui l'enlace et l'étreint comme un affreux serpent !

Et sous elle, la nuit, dans l'excès du délire,
Je me débats en vain..... Je ne fais que maudire
Le jour où je parus au monde, faible enfant !


Je veux, j'ose, insensé ! loin des vains bruits du monde,
Diriger mon regard dans ce chaos immonde,
Pour trouver un rayon dans l'éternelle nuit !...
Le scalpel à la main, je dissèque la vie ;
J'espère, au sein des maux dont elle est poursuivie,
Rencontrer ce bonheur qui sans cesse nous fuit !


Fatale erreur ! Espoir avorté !... L'Existence,
C'est une robe d'or qui cache la souffrance,
C'est un cri de douleur dans l'ivresse d'un bal,
C'est un feu qui s'éteint sous les cendres de l'âtre,
L'aspic paré de fleurs au bras de Cléopâtre,
C'est le poison caché dans l'anneau d'Annibal !

Comprends-tu maintenant cette sombre tristesse

Que sur mon front ridé tu regardes sans cesse,

Et qui te fait verser tes seuls pleurs, pauvre enfant?...

Je veux savoir pourquoi toute ame ici-bas souffre,

Et voir ce qui remue au fond du large gouffre

Où chacun de nos jours en larmes se répand.


Eh bien ! voilà pourquoi le sommeil fuit ma couche,

Pourquoi, comme la fleur qu'un doigt trop rude touche,

Ma pauvre ame, froissée au contact des douleurs,

Se fane, se replie et dans l'ombre se cache!...

Elle voudrait soustraire à tous les yeux la tache

Qu'a mise à son azur la rouille de mes pleurs.....


Mai 1836.

# III

# LA SULTANE.

## A M. J. G.

# LA SULTANE.

## 𝔄 𝔐. 𝔍. 𝔈.

Dans les murs du Sérail , dès long-temps enfermée,

Le cœur gros de soupirs , une enfant d'Idumée,

Au milieu des parfums de l'ambre et de l'encens,

Répandait sa douleur en ces tristes accens :

» O mon pays, je te regrette encore !

» Ton doux soleil échauffa mon printemps !

» Sous ton ciel bleu mes jours étaient riants ,

    » Comme un rayon de l'aurore !...

      » Aux champs de mes aïeux,

» Aucun tourment ne torturait mon ame ;

» Libre , j'errais comme l'oiseau des cieux,

    » Comme l'oiseau qui fend la lame ,

» Quand l'ouragan bat les flots furieux....

 

» Qui me rendra, dans ma triste opulence,

» Mes premiers jours , leur facile bonheur ,

» Leurs chants joyeux, leur folle insousiance ?...

    » Qui me rendra l'azur du cœur ?...

» Vœux insensés !... ces murs, fermés à l'espérance,

    » Ne sont ouverts qu'à la douleur...

» Oh ! combien je préfère

» Mon toit de chaume à ce palais,

» Et les caresses de ma mère

» A l'amour du Sultan que je hais,

» La simplicité de nos montagnes

» A l'éclat brillant du Sérail,

» Et la verdure des campagnes

» A ces bijoux d'or ou d'émail.....


» Ce n'est pas sous des murs dorés qu'on est heureuse :

» C'est sous le frais de l'oasis,

» C'est sous la tente voyageuse,

» C'est sous le haut palmier qui croît en mon pays !


» J'ai des douleurs, pourtant je suis Sultane !...

» Et la plus humble paysanne

» Coule des jours plus limpides que moi :

» Quand le midi brûle la caravanne ,

    » Elle s'endort sous un platane...

    » Et son sommeil est sans effroi !.....


    » Mais moi ! quand vient la nuit, je tremble

    » Dans ces murs parfumés de nard :

    » A chaque moment , il me semble

    » Voir briller, dans l'ombre, un poignard....»


Janvier 1836.

# IV

## SUR LA MORT

### D'UN JEUNE POLONAIS.

# SUR LA MORT

## D'UN JEUNE POLONAIS.

Il est mort! Il est mort!.. Que la terre étrangère,
Dans son dernier asile, au moins, lui soit légère!.....


Oh! vous ne savez pas, vous que rien n'a trahis,
Vous qui coulez vos jours sous le ciel du pays,
Vous à qui rien ne manque : amis, parents, patrie,
Les douceurs du foyer, la famille chérie,

De suaves pensers ! Vous qui toujours avez

Le plaisir, le bonheur que vous aviez rêvés !

Vous, riches ! vous, heureux ! vous tous, pour qui la vie

Est une table ouverte, abondamment servie !...

Non ! vous ne savez pas, hélas ! comme ils sont lourds

A traîner dans l'exil les plus beaux de nos jours !....

Mais lui, pauvre jeune homme, au cœur pur, dont la vie

Si belle était éclose aux murs de Varsovie !....

Sous un ciel étranger voir faner son printemps,

Voir un froid avenir accueillir ses vingt ans,

Vers la patrie absente envoyer sa pensée,

Songer à sa famille, en tous lieux dispersée,

Passer tous ses instants dans l'amère douleur,

Voir ses rêves brisés, voir enfin le bonheur

Que son enfance avait promis à sa jeunesse,

S'effeuiller sous ses yeux, sans espoir qu'il renaisse,

Puis lutter vainement contre les coups du sort.....

Quel secours invoquer à son aide ?.. La Mort....

Il est mort ! Il est mort !.. Que la terre étrangère
Dans son dernier asile, au moins, lui soit légère !...


Oh ! si vous l'aviez vu dans ses derniers moments,
Dévorant, en silence, un par un, ses tourments,
Pleurant sur son pays ; et, dans son agonie,
Éclatant en sanglots, quand de l'ignominie,
Où le traîne aujourd'hui l'Autocrate vainqueur,
L'exécrable penser ! venait briser son cœur !....
Oh ! si vous l'aviez vu déchirant sa poitrine,
Quand le spectacle affreux de l'immense ruine
Qui couvre maintenant ce pays dévasté,
Où son premier amour fut pour la liberté,
Frappait, pendant la nuit, son humide paupière !
Et lui montrait à nu sa honte et sa misère !.....
Oh! si vous l'aviez vu, haletant de douleur,
Mêler ses pleurs brûlants à sa froide sueur,
Arracher tout à coup de sa bouche attendrie
Ces accents douloureux : Pitié pour ma patrie !...

Oh! vous auriez compris ce que c'est que souffrir,

Pourquoi, pauvre proscrit, il a voulu mourir!...


Il est mort! Il est mort!.. Que la terre étrangère

Dans son dernier asile, au moins, lui soit légère!....


Juin 1838.

# V

## A M. Paul Renault.

# A M. Paul Renault.

Maintenant ta route
Est sombre, sans bruit;
Tu n'entends, sans doute,
Ami, dans la nuit,

Que la voix qu'exhale,

A long intervalle,

Ta jeune cavale,

Lorsqu'elle hennit.


Et ton ame est sombre

Comme le chemin ;

Des larmes, dans l'ombre,

Vont mouiller ta main ;

Toutes tes pensées,

En foule pressées,

Seront traversées

Par quelque chagrin.


Bien que le voyage

Mène à tes parents,

Oiseau de passage

Qui court au printemps !

Comme l'hirondelle,

Tu penses, fidèle,

Aux lieux où ton aîle

Plana quelque temps !

Mars 1839.

# VI

# DÉCOURAGEMENT.

# DÉCOURAGEMENT.

Le voyage qu'on fait de l'enfance à la tombe
Est hérissé partout de mal et de douleur :
On marche, on marche , et puis au terme l'on succombe,
Sans avoir pu jouir d'un instant de bonheur !

Pourtant que veut tout homme en essayant la vie ?
Un peu d'eau pour sa soif et du pain pour sa faim ,

Un peu d'amour compris pour son ame ravie ,
Quelques fleurs à cueillir aux marges du chemin !

Et , fort de ses espoirs, le voilà qui s'arrange
De beaux jours , et qui rêve un avenir heureux !
Mais à peine a-t-il fait quelques pas que tout change...
Il ne voit que dégoût au fond de tous ses vœux !

Pour moi, j'ai fait vingt pas, mon ame est harassée...
Le reste du chemin est difficile , hélas !
Je n'irai pas plus loin, car ma force est usée...
Je veux me reposer : c'est assez ! je suis las !..

Las de froisser mes pieds à ce pélerinage ,
De marcher dépouillé de mes illusions ,
Las enfin de compter chaque jour de mon âge
Par de nouveaux chagrins , par des déceptions !

Avril 1835,

# VII

## SUR LA MORT

### DE LA PRINCESSE MARIE D'ORLÉANS,

Duchesse de Wurtemberg.

# SUR LA MORT

## De la Princesse Marie d'Orléans,

Duchesse de Wurtemberg *.

Toujours le froid réveil succède au joyeux rêve,

Toujours le frêle esquif vient sombrer à la grève,

Toujours le vent abat la plus belle des fleurs,

Toujours l'été tarit le flot de la prairie,

Toujours la Mort enlève une tête chérie

Qui demande nos pleurs !...

* Dans son triste pélerinage de Pise à Dreux, le corps de la Princesse Marie d'Orléans, Duchesse de Wurtemberg a traversé Nevers, et passé la nuit dans l'église de Saint-Cyr, où un service fut célébré, le 21 janvier 1839.

Morte !.. morte déjà !.. Le ciel de l'Italie

N'a pu rendre la force à sa vie affaiblie...

Naguère, en notre ville, elle est passée, un soir,

Souffrante... Tous nos vœux escortaient son voyage;

Nous pensions accourir, bientôt sur son passage,

Heureux de la revoir !..


De la rive étrangère elle bien revenue,

Et pour la voir encor la foule est accourue...

Elle est là maintenant froide, sur notre seuil !...

Des cierges allumés éclairent une bière,

Des prêtres ont chanté la lugubre prière...

Dans nos murs tout est deuil !...


Sous les sombres arceaux, à la nuit, à cette heure

Où, le vent au dehors, au dedans l'homme, pleure,

Où la terre et le ciel unissent leur douleur,

Qui de nous n'a senti tomber de ses paupières

Des larmes, en voyant ces dépouilles si chères,

    Dans le milieu du chœur ?...


Elle était jeune et belle, elle était douce et bonne !

Elle avait ces talents que l'art sublime donne

Et ces vertus qui font tant aimer parmi nous !..

Elle, fille des Rois !.. Elle, artiste inspirée,

Chère à tout son pays, de sa mère adorée !...

    Le Ciel en fut jaloux...


Elle est morte, emportant dans la tombe avec elle

Son génie arrêté, cette clarté si belle

Dont les premiers rayons nous avaient tant promis !

Pleurons-la !... Pauvre fleur ravie en sa jeunesse,

Artiste au cœur français, qui pour adieux nous laisse

    *Jeanne-d'Arc* et son fils !...

Son fils !... perle échappée à cette fleur brisée !...

Triste et dernier bonheur d'une mère blessée,

Qui s'abrite, en pleurant, sous le bandeau des Rois,

Dont le cœur est ouvert à tous les vents d'orage

Et pourrait, sans mourir, sous leur aveugle rage

Se courber tant de fois !...


Marie ! ange du ciel, priez pour votre mère,

Aimant près d'un berceau, pleurant près d'une bière,

Car aimer et pleurer, hélas ! est son destin ! ...

Priez pour votre père et pour votre famille !

De la France et des Rois protégez, vous, leur fille,

L'avenir incertain !...

Nevers, 21 Janvier 1839.

# VIII

## A Elle.

## A Elle.

Pourquoi ce front chargé d'une triste pensée ?

Sur tes traits délicats d'où vient cette pâleur ?

Vers la terre pourquoi ta paupière abaissée ?

Pourquoi ces longs soupirs de ton ame oppressée ?

Oh ! pourquoi tant d'ennui, tant de chagrin au cœur ?

D'ordinaire à venir la tristesse est plus lente !

Ce n'est point à ton âge, où tout paraît serein,

Ce n'est point à seize ans que l'ennui nous tourmente :

Nous cueillons le plaisir d'une main diligente,

Nous vivons le présent, sans soins du lendemain !


Et pourtant sur ton front on distingue des rides !

Ton œil est dépouillé du feu de son regard ;

Tes pensers d'autrefois si féconds, sont arides ;

Comme un mât ballotté par les vagues perfides,

Sans but et sans espoir, ta vie erre au hasard !


A toute heure, en tout lieu, l'âpre chagrin te ronge !

Le jour naît et s'éteint pour toi sans souvenir !

Ton sommeil est stérile, et jamais un doux songe,

Dans le calme des nuits, par un riant mensonge,

N'embellit le présent des bonheurs à venir !

Ah ! cesse donc enfin de creuser ta pensée !

Ne t'abandonne pas à rêver tout le jour :

Ta coupe de bonheur ne s'est point épuisée....

Et ta douleur, enfant, sera vite effacée,

Si tu ne mêles plus de fiel à ton amour !....

Mai 1835.

# IX

# LE PAPILLON.

# LE PAPILLON.

Oh ! que ton sort est beau ! Qu'il est digne d'envie ,

    Papillon gentil et léger !

Le désir inconstant remplit toute ta vie ,

    Et comme lui tu peux changer !


Aussi , j'aime à te voir , quand d'une aile brillante ,

    Riche des plus vives couleurs ,

Tu voltiges, folâtre, autour de chaque plante
Et courtises toutes les fleurs !


Alors, amant heureux, pour prix de ton hommage,
Elles te cèdent leur trésor ;
Mais près d'elles jamais un pénible esclavage
Ne fixe ton volage essor !


Ta vie, à toi !.. ta vie est une longue ivresse :
Tu ne connais que le plaisir ;
Et comme Raphaël aux bras de sa maîtresse,
La Mort vient souvent te saisir :


Car je sais, imprudent, que ton alie amoureuse
Te conduit toujours à la mort,
Qu'aux rayons éclatants d'une lueur trompeuse
Tu vas, le soir, finir ton sort...

Pour les hommes aussi le Plaisir est un phare

Par la perfidie allumé !

Il nous séduit d'abord, ensuite il nous égare,

Hélas ! pour l'avoir trop aimé ;


Il nous attire à lui, tous, dans notre jeunesse,

Comme la lumière et les fleurs

T'attirent, papillon !... pour un moment d'ivresse,

Après que de jours de douleurs !


Mais toi, du moins, tu vis toujours sans prévoyance,

Sans crainte, heureux jusques au soir ;

Tu vis l'heure qui passe, et, dans ton ignorance,

Tu vas mourir sans le savoir !


Juillet 1838.

X

𝔄 𝔐. 𝔇.

## A M. D.

I

— Pourquoi ces fronts d'enfants si rayonnants d'ivresse?
Où court, \ flots pressés, toute cette jeunesse?
Pourquoi l'airin , ce soir, tonne-t-il tant de fois?...

— Passant, vous l'ignorez? Oh! non, ce ne peut être :
Je le sais, moi qui vis éloigné de mon maître !
Ils fêtent Charlemagne et demain Saint-François !...

## II

Allez! heureux enfants!.. mon cœur eut votre joie ;
Il eut, naguère, aussi ces transports où se noie
Votre ame tout entière, et ces longs battements !
Il m'en souvient toujours ! pourtant quelques années
Sur mon front jeune encor depuis se sont fanées...
Mais ce doux souvenir reverdit tous les ans !

Mes jours étaient alors riches de poésie !
Et s'il est quelquefois du bonheur dans la vie,
S'il est quelques instants dont reste souvenir,

C'est ce soir que le temps, tous les ans, vous ramène,
Ce soir où tous les cœurs, unis comme une chaîne,
Battent, en attendant l'heure qui doit venir...

### III

Sur deux lignes, allez! l'heure est enfin venue!
La lune au front d'argent sort de dessous la nue!
Allez! silence! allez!... Fiers de votre fardeau,
D'ici je crois vous voir, à pas muets, dans l'ombre,
Traverser les détours d'un long corridor sombre!...
Enfants, vous êtes gais : que votre soir est beau!

### IV

Et je vous attendais!.. Vous débordez d'ivresse,
De vos cœurs trop émus s'épanche l'allégresse,
Comme un nectar vermeil d'un vase trop rempli;

Vous exhalez partout un bonheur sans mélange,

Un bonheur frais et pur comme celui d'un ange,

Et dont l'azur jamais n'est ridé d'aucun pli !


V


Soyez joyeux, enfants ! Je l'étais à votre âge !...

L'écueil arrive au mien, et souvent le naufrage !

Cueillez, cueillez enfants les roses du bonheur !

Le printemps dure peu ! Les fleurs se fanent vite !

Hâtez-vous : le Temps marche, et son pas vous excite...

Après les jours heureux arrive la douleur !


Écoutez cependant ! — Loin de vous ces pensées :

Tous vos jours sont des fleurs du zéphyr caressées ;

Rien n'obscurcit encor vos rayons de soleil !

A vous les plaisirs purs, le travail et l'étude,
Une ame toujours calme, exempte d'inquiétude,
Des jeux bruyants, le jour, et, la nuit, le sommeil!

Mais à moi, qui fêtais, tout comme vous, naguère,
De ce vingt-neuf janvier l'heureux anniversaire,
Mais à moi la tristesse et le sombre chagrin !
Mais à moi, pour toujours, le tourbillon du monde,
Charybde redouté, mer houleuse et profonde
Où s'engloutit souvent tout l'espoir du marin !

## VI

Maître, hélas! que ne puis-je, avec cette jeunesse ,
Vous porter le tribut de ma vive tendresse !....
Oh! du moins recevez mes souhaits et mes vœux,

Témoignage éternel de ma reconnaissance,

Vous qui m'avez guidé dans les jours de l'enfance,

Comme un rayon ami conduisait les Hébreux !


Quand mon esprit revient à l'époque passée,

Que de beaux souvenirs, emplissant ma pensée,

Rafraîchissent mon ame et me font espérer !

Mais aussi quelquefois au bord de ma paupière

Je sens des pleurs trembler, puis rouler vers la terre !

Et ces pleurs ont leur charme, ils sont doux à pleurer !


Je me rappelle alors qu'abrité sous votre aile

J'ignorais les chagrins à la serre cruelle :

Mon ame était candide, aucun limon impur,

Aucun reptile affreux, aucune baleine immonde,

Aucun vent de tempête, aucun souffle du monde,

De mon lac endormi n'avait troublé l'azur !

## VII

Mais le soleil s'éteint et la nuit le remplace...

Quand j'entrai dans le monde et vins y prendre place,

Apportant un cœur neuf et des espoirs dorés,

Tout me parut brillant, tout séduisit mon ame ;

Mon esprit n'avait plus que des pensers de flamme ;

Rien ne devait tromper mes bonheurs espérés.


Mes projets d'avenir, tous, étaient beaux sans doute !

Mais la Déception se montra sur ma route ;

Sa rencontre me fit trembler d'un long effroi :

Elle était là, debout, couverte de misère,

Hideuse comme un spectre au sein de la bruyère,

Qui suspend tout à coup les pas du palefroi....

## VIII

Et depuis, par degré, tous mes jours se flétrirent ;

Et mes illusions, presque toutes, périrent ;

Et mon cœur se sécha comme un saule brisé ;

Et mon esprit connut ce que contient le monde

De maux, d'espoirs déçus, de tristesse profonde....

— Je voudrais le présent comme était le passé !

Janvier 1836.

# XI

# REVIENS.

# REVIENS!

Quand tu quittas ce frais rivage ,
Tu me promis de revenir ,
Lorsqu'aux bois, sous le vert feuillage,
Le printemps invite à dormir.

Voici le printemps !... La nature ,
A son aspect, frémit d'amour ;

Elle a revêtu sa parure ,

Comme une vierge en un beau jour.


J'ai déjà revu l'hirondelle

Chercher son vieux nid sous nos toits ;

Comme elle , reviens, sois fidèle

A ton doux amour d'autrefois !


Ne prolonge pas ton absence :

Ce n'est qu'ici qu'est le bonheur ;

Franchis , dévore la distance

Qui me sépare de ton cœur !


Viens dans mes bras goûter encore

Des voluptés , des plaisirs vrais !

Viens vite , accours, toi que j'adore !

Viens et ne me quitte jamais !

Mai 1836

# XII

ENFANTS, ALLEZ PRIER.

# ENFANTS, ALLEZ PRIER.

Enfants, laissez vos jeux, votre course légère !
Voici le soir : la cloche appelle à la prière,

  Courez tous au saint lieu !

Enfants, allez prier ! Car la voix de l'enfance,
Comme un accent d'amour, vers ce beau ciel s'élance

  Et va tout droit à Dieu !

Enfants, allez prier ! vos âmes sont limpides ;

Votre front du péché n'a point encor les rides,

    Les stigmates hideux ;

Du vice sur vos cœurs n'a point flotté l'écume :

Allez ! votre prière avec l'encens qui fume

    Montera vers les cieux.


Enfants, allez prier pour nous, qui dans ce monde

N'avons que lourds chagrins , que tristesse profonde ,

    Et jamais de bonheurs !

Pour nous tous , dont le cœur se corrompt par la haine,

Dans les fanges du mal incessamment se traîne !

    Pour nous , pour les pécheurs !


Enfants, allez prier ! priez pour votre mère ,

Priez pour vos amis , priez pour votre père ,

    Priez aussi pour vous !

Priez pour le blasphême et pour la bouche impie !

Priez pour l'ame impure , en le crime assoupie !

Priez enfin pour tous !


Enfants , allez prier ! et , dans votre prière

N'oubliez jamais ceux qui dorment sous la pierre !

Souvenez-vous des morts :

Quand vous priez pour eux dans le froid de leurs couches

Ils trésaillent. — Tout mot qui tombe de vos bouches

Assoupit un remords !...


Avril 1835,

# XIII

# LE BARDE.

A M. Ed. Bussière.

# LE BARDE.

A M. Ed. Bussière.

— N'entends-tu rien , les soirs, quand la brise légère
Descend de la colline et court sur la bruyère ?
Là-bas, près du grand lac , sous les saules pleureurs ,
Quand vient la nuit, dis-moi, n'entends-tu pas des pleurs?

N'entends-tu pas des chants? Et, quand la nuit est sombre,

Ne vois-tu pas glisser et paraître quelque ombre ?


— J'entends le bruit du flot qui soupire là-bas !

J'entends le voyageur précipiter ses pas !

J'entends l'oiseau de nuit au castel en ruines

Et la voix des zéphyrs dans les forêts voisines !


— Et puis tu ne vois rien?


— Non !


                            — Pourtant, dans ces lieux,

Où la Mort doit, un jour, m'unir à mes aïeux,

Tous les soirs, tous les soirs... le Barde solitaire

Vient, près de ce rocher que tapisse le lierre,

Mêler sa voix plaintive aux murmures des vents.....

Tiens ! le voici qui chante..... Ecoutons ses accents :

» Que faire de la vie,

» Quand elle est sans bonheur ?

» C'est une fleur flétrie

» Qui n'a plus son odeur !


» J'étais heureux naguère !

» Mon cœur avait trouvé

» Un écho sur la terre :

» Ce que j'avais rêvé !


» Alors à ma jeunesse

» Que de beaux jours promis !

» Quel bonheur ! quelle ivresse !. ..

» Mais la Mort m'a tout pris !


» Il n'est plus pour ma vie

» De riant avenir !....

» Emma, tu m'es ravie,

» Emma, je vais mourir !... »

— La douleur l'a brisé . Sa jeunesse flétrie
Se penche..... et le gazon qui couvre son amie,
Pour terminer ses maux, bientôt se r'ouvrira.

— Auprès d'une ombre chère , au moins , il dormira.

Mars 1834.

# XIV

## A MA LYRE.

# XIV

## A MA LYRE.

# XV

## LE MATIN.

# LE MATIN.

Oisifs de la cité, dont de pâles bougies
Ont éclairé, la nuit, les bruyantes orgies
Et le luxe lascif, et le joyeux festin,
A l'horizon paraît un rayon du matin !...
Ce n'est pas le soleil, ce n'est rien que l'aurore;
Tout s'éveille pourtant, vous seuls dormez encore !...

Dans vos lits parfumés d'ambre, de volupté,

Le matin d'un beau jour est pour vous sans beauté ·

Qu'importe la nature et sa joie innocente

A vos cœurs dévorés d'une fièvre incessante?

Que vous fait un air frais, un ciel pur et riant,

Le sourire du jour au seuil de l'Orient,

Le chant du rossignol dans les branches fleuries,

L'abeille butinant sur les fleurs des prairies,

Le nuage léger qui plane sur les eaux

Et le vallon couvert de mugissants troupeaux?...


Est-ce que c'est pour vous que la nature est belle,

Que des climats lointains arrive l'hirondelle?

Pour vous, qui dans vos lits pouvez rester encor,

Oisifs! alors que l'aube aux yeux bleus, aux cils d'or,

Apparaît sur les monts, radieuse et vermeille ;

A cette heure où le jour, au printemps, se réveille ,

Où du creux des sillons , de l'ombrage des bois,

Mille concerts divins, s'élevant à la fois,

Vont porter au Soleil l'hommage de la Terre?


Le voici qui se lève! et des flots de lumière,

Partis de la montagne, inondent l'horizon;

Les perles du matin argentent le gazon;

Une brise embaumée agite le feuillage;

Au doux parfum des fleurs se mêle le ramage

Des Mozarts des forêts, des Rossini des champs....

Tout sourit aux regards amoureux du Printemps!


Mais vous! vous qui pouvez arranger votre vie

Selon tous vos désirs, vous préférez l'orgie

Et le punch débordant de vos vases en feu,

A l'air de la campagne, à l'aspect d'un beau lieu;

Les liqueurs, les tabacs qui font votre atmosphère,

Aux parfums que répand le printemps sur la terre!....

Et vous buvez, fumez, jouez, jusqu'à minuit!...

Puis vous allez ailleurs achever votre nuit,

Vous allez compléter l'ivresse commencée....

Et vous rentrez enfin, la nuit bien avancée.


Oh! que Dieu ne m'a-t-il accordé, comme à vous,

Ce vil métal qui fait, hélas! les jours si doux!

Je ne l'emploîrais pas à gaspiller ma vie.

L'aurore me verrait, cherchant la poésie,

Parcourir, en tous sens, le coin de mon Morvand,

Pays où mes pensers s'en retournent souvent!

Je suivrais, chaque jour, ou la route romaine,

Ou le *vialet* étroit qui descend à la plaine.

Je trouverais partout un bonheur pur et vrai :

Au sommet de Touleurs, au plateau de Beuvray,

Aux champs de genêts d'or, au bord des eaux courantes,

Aux rocs silencieux, aux forêts murmurantes,

Partout : aujourd'hui là, demain ailleurs ; toujours

En plaisirs naturels s'écouleraient mes jours.


Eh bien ! voluptueux que l'oisiveté mine,

Secouez le sommeil, allez sur la colline !...

D'autres émotions empliront votre cœur ;

Dans votre ame blasée entrera le bonheur !....

Allez, à son réveil, admirer la nature !

Le printemps est si beau, la campagne est si pure !

Allez !.... à l'horizon voici le Roi du jour !

Allez, avec vos vœux et vos pensers d'amour !...

Et, le sein échauffé des rayons de sa flamme,

Vous sentirez en vous s'allumer une autre ame !


Mai 1839.

# A DES ENFANTS.

Heureux enfants ! Votre âge est bien digne d'envie !
Tous vos jours sont filés par les doigts du Bonheur ;
Le plaisir innocent emplit seul votre vie ;
Votre âge est un bouquet dont nous aimons l'odeur !

Sur votre front serein la douce enfance passe ,
Comme le vol hardi d'un oiseau dans les airs ,

Comme un pas voyageur que le vent comble , efface ,

    Aux sables mouvants des déserts !


A votre âge, la vie est une fleur qu'on cueille ,

Un parfum qu'on respire aux beaux jours du printemps ,

Un bonheur frais et pur que partout on recueille!..

Enfants, soyez heureux !... Trop tôt viendront les ans.!


Quand aux rayons du temps aura mûri votre ame ,

Sur les jours écoulés vous verserez des pleurs....

Vous aurez , comme nous, et des plaisirs qu'on blâme ,

    Et des regrets et des douleurs....


Dépensez de vos ans la riante jeunesse !

Ne vous enviez pas l'âge que nous vivons ,

Cet âge où le chagrin , le remords, la tristesse ,

En traits toujours saillants se lisent sur vos fronts !

# A DES ENFANTS.

Heureux enfants ! Votre âge est bien digne d'envie !

Tous vos jours sont filés par les doigts du Bonheur ;

Le plaisir innocent emplit seul votre vie ;

Votre âge est un bouquet dont nous aimons l'odeur !


Sur votre front serein la douce enfance passe ,

Comme le vol hardi d'un oiseau dans les airs ,

Comme un pas voyageur que le vent comble, efface,

    Aux sables mouvants des déserts !


A votre âge, la vie est une fleur qu'on cueille ,

Un parfum qu'on respire aux beaux jours du printemps,

Un bonheur frais et pur que partout on recueille !...

Enfants , soyez heureux !... Trop tôt viendront les ans !


Quand aux rayons du temps aura mûri votre ame ,

Sur les jours écoulés vous verserez des pleurs....

Vous aurez , comme nous , et des plaisirs qu'on blâme,

    Et des regrets et des douleurs....


Dépensez de vos ans la riante jeunesse !

Ne nous enviez pas l'âge que nous vivons ,

Cet âge où le chagrin , le remords , la tristesse ,

En traits toujours saillants se lisent sur vos fronts !

Riez , jouez , enfants ! Vous n'êtes qu'à l'aurore !

Riez ! ne voilez point l'azur de ce regard

Qui réfléchit vos cœurs !... Vous ignorez encore

Les maux que vous aurez plus tard !

Juin 1835.

# XVII

## CE QUE L'ON SAIT.

# CE QUE L'ON SAIT.

L'avenir ! l'avenir ! mot vague, qu'on ignore
Et que toujours pourtant on dit à voix sonore !
Arbre au feuillage épais qu'on aperçoit là-bas,
Et sous lequel on veut s'aller reposer, las !
Eau pure qu'en sa marche, altéré, l'on veut boire !
Rêves, illusions, chimères qu'on veut croire !

Car l'homme, lui qui veut, est-il sûr d'aujourd'hui ?

Est-il sûr de demain? Le temps est-il à lui ?

Souvent avant ses vœux, hélas! finit sa course :

Lorsqu'il est près d'atteindre et son arbre et sa source,

Le bâton fatigué s'échappe de sa main,

Et la force le quitte au milieu du chemin ;

Il s'arrête. Il ne peut aller plus loin : Moïse

Ne put que voir les champs de la Terre-Promise !


A quoi bon espérer !... Tout est vain ici-bas !...

Tous les mots qu'on prononce, on ne les comprend pas ;

Ils ont un sens obscur !.. La Jeunesse est un rêve,

Le Bonheur, une barque échouée à la grève,

L'Espérance, un nid vide abrité sous nos toits ;

La Gloire, c'est un nom qu'on ne dit qu'une fois ;

Les Dignités, l'Honneur, les Titres, la Richesse,

Biens lentement acquis et que bien vite on laisse,

Le Plaisir une source empoisonnée; enfin,

Ou plus tôt, ou plus tard, chaque chose a sa fin.

Tout naît, fait quelque pas, plus ou moins, et puis tombe :

Les flots vont à la mer, les hommes , à la tombe,

Toute chose à son but : c'est le décret du Sort !


Tout est vain ! on ne sait bien qu'un mot, c'est : La Mort.


Octobre 1836.

# XVIII

## FEUILLE QUI TOMBE,

### ENFANT QUI MEURT.

#### A M. G. Cassard.

# FEUILLE QUI TOMBE,

## ENFANT QUI MEURT.

### A M. G. Cassard.

Vois la feuille tomber de l'arbre jeune encore !
Vois le vent la flétrir de son souffle brûlant !....
Et cette feuille est morte ! Elle qui vient d'éclore,
Elle n'a vécu qu'un instant....

Vois cette pauvre mère éperdue, et près d'elle,

Son jeune époux, les traits pâlis par le chagrin !

Comme un oiseau blessé s'abritant de son aile,

    Il cache ses pleurs de sa main....


Ils avaient une enfant : Dieu la leur a ravie ;

D'un heureux avenir ils ont perdu l'espoir,

Hier, leur fille encor disait dans l'agonie :

    « A demain ! ma mère, au revoir ! »


Mais sur sa lèvre à peine expirait la parole

Que vers le Ciel son ame avait pris son essor !

C'est l'arrêt du Destin : la Vie ainsi s'envole

    Sur l'aile sombre de la Mort !


Enfant ! pour tes parents, la vie, empoisonnée,

Roulerait vainement des flots purs en son cours,

Jamais son onde fraîche et de fleurs couronnée

Ne fera reverdir leurs jours....


Nous naissons pour mourir!... La Mort de sa faucille

Moissonne le vieillard qui chemine à pas lents

Et le jeune homme ardent dont le regard pétille,

Les peuples qu'a semés le Temps.

———

Dépensons donc, ami, dépensons notre vie!

La Vie aussi s'effeuille : et, peut-être, demain,

La Mort, sur nos bonheurs jetant un œil d'envie,

A nos fronts rayonnants mettra sa froide main.

Novembre 1832.

# XIX

## MES SOIRÉES D'HIVER.

A M. Amédée du Leyris.

# MES SOIRÉES D'HIVER.

## A M. Amédée du Peyris.

Plus de beaux jours, ami! voici le froid Novembre!
J'entends déjà miauler, aux portes de ma chambre,
Le vent venu du Nord, le vent des noirs frimas!...
— Je connais bien des gens que sa voix trouble, effraie :
Il leur semble toujours entendre la fresaie,
Dont les lugubres cris présagent le trépas!

UNE VOIX

Pour moi, les soirs d'hiver, assis auprès de l'âtre

Dont la flamme pétille et s'élève folâtre,

Fredonnant les chansons de ton recueil nouveau*,

Ou bien mettant aussi de la prose en cadence,

Ce vent me plait, je l'aime : il charme mon silence ;

Il m'arrache la plume ou bien l'in-octavo !


Et, plus joyeuse, alors s'élance ma pensée

Du présent qui s'enfuit à l'enfance passée !

Le regard sur le feu, la tête dans la main,

Je rêve de bonheur... Puis je reprends ton livre,

Et je ne pense pas que la neige ou le givre

Pend en festons d'argent aux arbres du chemin !


Ainsi passent mes soirs !... Quand l'horloge sonore

Me dit qu'il est bien tard et que je veille encore,

* M. Amédée du Leyris a publié dernièrement un volume de chansons, dédié à
Béranger.

Je quitte , avec regret , le coin de mon foyer...

Bientôt après le vent appelle dans ma couche

Le sommeil... et je crois entendre quelque bouche

Qui murmure, tout bas, craignant de m'éveiller...


Novembre 1839.

# XX

# LA FOLLE.

# LA FOLLE.

## I

« Réveille-toi, mon fils ! vois : c'est moi, c'est ta mère !

» Tends-moi tes petits bras...

» Oh ! c'est assez dormir ! r'ouvre, enfant, ta paupière ! »

Son fils ne répond pas.

« Viens ! le ciel est bien bleu, bien pur ! aucun nuage

 » N'effraîra ton réveil...

» Ne crains point le tonnerre ! il est passé, l'orage :

 » Il fait un beau soleil !.. »


« Mais ! ton fils a cessé de connaître sa mère,

 » Jeanne ! je plains ton sort :

» Il ne te connaît plus, ne connaît plus son père...

 » Jeanne, ton fils est mort. »


Ce mot affreux n'a point rendu son œil humide,

 N'a point brisé son cœur...

Elle rit aux éclats, et son regard stupide

 N'est voilé d'aucun pleur !


## II


Jeanne vit très-heureuse ! ainsi qu'aux jours d'enfance,

 Elle est sans souvenir ;

Elle vit le présent , toujours sans prévoyance ,
    Sans soins de l'avenir ;


Rien n'émeut son esprit : ni la douleur cruelle ,
    Ni le riant plaisir...
Oh ! que ne pouvons-nous ignorer , tout comme elle ,
    Ce que c'est que mourir !


### III


Déjà le jour tombait ; on voyait à la nue
    Poindre des soleils d'or.
Jeanne de son malheur ne fut pas plus émue :
    Son fils dormait encor !


Alors, près de la couche où son enfant repose ,
    Elle approche à pas lents ,
S'incline sur son front, et, légère, y dépose
    De longs baisers brûlants ;

Puis elle va , revient , fait quelques pas , s'arrête ,

    Marche , s'assied , soudain

Se lève , murmurant la vive chansonnette

    Qui l'endort sur son sein.


Aucun triste penser ne traverse son ame :

    Elle chante plus fort...

Elle ignore , elle ignore , hélas ! la pauvre femme ,

    Que son enfant est mort !


Mais le sommeil venant étouffer dans sa bouche

    Son refrain favori ,

Elle éteint le foyer , et tranquille se couche

    Près de son fils chéri.


### IV


Le corps de son enfant est froid comme la pierre ,

    Inondé de sueur ,

Et, pour le réchauffer, long-temps la pauvre mère
    Le presse sur son cœur.


Il était toujours froid ! Alors elle se lève,
    Rallume le foyer,
Prend son enfant, le porte auprès du feu... Son rêve
    Ne peut se réveiller.


Le foyer pétillant par degré se consume,
    Et l'ombre s'épaissit ;
Elle couvre le feu qui sous la cendre fume,
    Puis se remet au lit.


V


Tant que règne la nuit, sur son cœur elle serre
    Un cadavre glacé...

Et le matin on vit le bras mort de la mère

A son fils enlacé.

Juin 1835.

XXI

MON RÊVE.

# MON RÊVE.

Mon rêve!... je voudrais rêver encor mon rêve,
Et le rêver toujours dans le même sommeil!...
— Femme au tendre sourire, au teint jeune, vermeil,
O toi! qui m'inondas de regards pleins de sève,
Qu'es-tu donc? Un ange, un doux fantôme qu'enlève,
Aux premiers feux du jour, un décevant réveil!...

Quel est donc ton beau nom et ta belle patrie?

Oh! dis-moi d'où tu viens? dis-moi, femme, où tu vas?

Es-tu de notre argile et vis-tu notre vie?

Souffres-tu, comme nous, les douleurs d'ici-bas?...

Ou viens-tu, messager de la bonne nouvelle,

Pour m'apporter l'espoir d'un heureux avenir?

Ai-je vu dans tes traits, ange, les traits de celle

Dont le destin au mien, un jour, devra s'unir!...

Que tu viennes des Cieux, que tu sois de ce monde,

O toi! qui m'apparus dans cette nuit profonde,

Ange ou femme, reçois mes vœux ou mon amour!

Sois mon guide! et, bientôt, vers la voûte éternelle

Si tu prends ton essor, ravis-moi sous ton aîle

Au céleste séjour!


Mars 1834.

# XXII

## MÉLANCOLIE.

# MÉLANCOLIE.

Salut, bois jaunissant, dont un peu de verdure,
Rappelle à mon esprit des instants de bonheur !
Salut, bois jaunissant !... mon cœur
Se plaît aux deuils de la nature.

Dans ces jours, précurseurs des rigoureux frimas,

Que j'aime à voir la feuille au sentier solitaire

    Tomber, bruire sur la terre

    Où je mène souvent mes pas !


Que j'aime seul, rêveur, aux jours brumeux d'automne,

A promener mes yeux sous tes rameaux flétris !

    Que j'aime à fouler ces débris,

    Jadis orgueil de ta couronne !


Tel est le sort commun! Pour tous sont les hivers...

Ainsi l'illusion qui paraît la jeunesse

    Tombe, s'évanouit, nous laisse,

    Comme toi tes feuillages verts!


Tel est le sort commun! J'ai vu mon front naguère

Rayonnant de plaisir, d'amour et de bonheur !...

La joie est morte dans mon cœur,

Et ta parure est sur la terre...


Il n'est plus, ce printemps qui nous faisait heureux !

Tes rameaux étaient verts et ma vie était belle !

Lors je venais avec Angèle

Sous ton ombrage harmonieux !


Pour toi, du moins, ces jours, ils reviendront encore ?

Le printemps te rendra tes feuilles, tes fraîcheurs,

Tes ombres pleines de senteurs

Et tes échos à voix sonore !


Mais que me rendra-t-il et que dois-je espérer,

Moi dont la mort d'Angèle a brisé l'existence ?...

Hélas !.plus rien, plus d'espérance !

Mes yeux ne peuvent que pleurer...

Sur elle, pour toujours, mon ame se replie;

Un triste souvenir emplit seul tout mon cœur...

Oh! viens assoupir ma douleur,

Douce et tendre Mélancolie!


Apporte un peu de calme à mon cœur désolé!

Viens! je sais que parfois tu fais couler mes larmes;

Mais elles ont pour moi des charmes :

Je pleure — et je suis consolé!...


Novembre 1836,

# XXIII

# QUESTIONS.

## A. M. R.

# QUESTIONS.

## A M. R.

Oh ! qui voudra me dire , à l'époque où nous sommes ,
Pourquoi tant de malaise est dans le cœur des hommes ?
Pourquoi tout est si sombre ? Et pourquoi l'avenir
Nous paraît un point noir, un sinistre nuage
A l'horizon lointain ? Pourquoi donc , à tout âge ,
On regrette un passé qui ne peut revenir ?

Et pourquoi tous ces maux épandus dans le monde?

A notre voix pourquoi pas de voix qui réponde?

Et pourquoi plus d'espoir, partant plus de bonheur?

Pourquoi l'ame est inerte et pourquoi l'esprit doute?

Pourquoi, jeune, on s'arrête aux bornes de la route,

Attendant, mais en vain, quelque destin meilleur?


On voit faner sa vie, à peine est-elle éclose!

Dans les plus jeunes cœurs le chagrin se dépose,

Comme un limon bourbeux dans le flot le plus pur!

Et tout homme se plaint!... La vie est donc amère?

Il n'est donc pas d'eau vive au désert de la terre?

Sur ce ciel orageux il n'est donc plus d'azur?...


Puis, alors qu'il sentait les ennuis, la tristesse,

Tous les maux de ce siècle assiéger sa jeunesse,

Qui ne s'est demandé : Comment sera demain?

Pourquoi des pleurs aux yeux, quand l'ame est recueillie ?

N'est-il que des douleurs dans la mélancolie ?

Tout front qui veut rêver doit-il brûler la main ?

Novembre 1836.

# XXIV

## A M. U.

## A. M. U.

Oh ! d'où vient donc, ami, ce chagrin en ton ame?
Quel penser inconnu te poursuit, nuit et jour?...
Serait-ce que ton cœur dans un soupir de femme
    Cherchât un doux écho d'amour?

Serais-tu dépouillé d'illusions?... Serait-ce
Qu'en plongeant la pensée avant dans l'avenir,
Ton esprit s'attristât, que ta fraîche jeunesse
        A peine en fleur se vît flétrir?


Qu'as-tu donc entrevu de rebutant au monde
Pour désirer si tôt d'en sortir?... Ah! dis-moi
Quel objet, comme un spectre en une nuit profonde,
        S'est soudain dressé devant toi?


Elle devrait pour toi, la vie, être légère!...
Quel froid violent a donc déjà fané sa fleur?
Quel vent funeste a donc incliné vers la terre
        Tous ses pétales sans odeur?...


Tu croyais, n'est-ce pas! savourer sur la terre
Ce bonheur que chacun attend de l'avenir,

Ciel bleu que ne devrait parcourir le tonnerre,

    Rêve qui ne devrait finir !


La source de nos maux est seule intarissable !

Le chagrin se cramponne à nos cœurs de vingt ans ;

Le bonheur disparaît comme un pas sur le sable

    Au souffle fougueux des autans ;


Le mortel aconit croît souvent près des roses

Et mêle à leur parfum son funeste poison ;

L'insecte se nourrit de fleurs à peine écloses ;

    Le serpent vit sous le gazon ;


Le sentier de la vie est à tous difficile ;

Mon pied, comme le tien, de le gravir est las ;

Et le monde à mes yeux, comme aux tiens, est stérile..

    Pourtant ne nous arrêtons pas !

10

Va ! relève ton front penché par la tristesse !

Peut-être que demain sera moins orageux...

Le peuplier robuste au vent du nord s'abaisse,

Puis se redresse vers les cieux !


Va ! va ! suis-moi ! marchons ! le front haut, le pied ferme !

Après ces jours amers viendront des jours plus doux !

Dans ce hideux présent c'est l'avenir qui germe !...

Marchons !... l'avenir est à nous !


Juillet 1836.

# XXV

# LE CONDAMNÉ.

# LE CONDAMNÉ.

Il était étendu dans un cachot humide
Qu'éclairait faiblement une lampe livide,
Comme pour ajouter par sa triste lueur
Aux sinistres pensers qui déchiraient son cœur.
Aucun pleur ne tremblait aux bords de sa paupière ;
Son regard était sec, incliné vers la terre ;
Son aspect n'avait rien, non ! rien de repoussant,
Et cet homme, c'était un condamné, pourtant !

Aussi pour lui chacun sentait son ame émue ,

Et la pitié parlait dans les cœurs, à la vue

D'un vieux soldat proscrit, devant porter bientôt ,

Pour un moment d'erreur, sa tête à l'échafaud.


C'était son dernier jour !.. Soudain à son oreille

L'airain de la prison retentit , et réveille

Tous les pensers amers qui dorment dans son cœur.

— « Quoi ! trois heures déjà, dit-il?.. Eh bien! l'horreur

» De ce sourd tintement ne m'émeut point... Ma vie ,

» A moi , fut toujours pure... Et de cette agonie

» Je sortirai plus tôt et sans regret cuisant !..

» Ma conscience est calme !... En peut-il dire autant ,

» Celui qui me poussait hier encore au crime ,

» Qui me fait aujourd'hui sa première victime?..

» Il vit sous des lambris , je vis dans des cachots !

» Il a , lui, ses flatteurs, et moi, j'ai mes bourreaux !..

» Qu'importe ! Condamné, suis-je le plus à plaindre?..

» Moi, je n'ai que la mort, oui! la mort seule à craindre !

» Mes enfants!... ce n'est pas assez de les couvrir

» Du sang que l'échafaud sur eux fera jaillir,

» Il a voulu souiller, dans sa source, leur vie :

» Il m'a fait accuser de vol et d'incendie...

· » O mes pauvres enfants ! oh ! ne rougissez pas

» De votre père ! il n'est... ne fut coupable, hélas !

» Que d'avoir trop aimé son pays... Que ne puis-je

» A vous-mêmes le dire !.. Un seul penser m'afflige :

» Ici-bas, mes enfants, je ne dois plus vous voir,

» La mort...La mort! pourquoi repousser tout espoir?.

» Oh ! tous ceux qui jadis ont abrité ma tête

» Au sein de leur famille, en leur douce retraite,

» Et tous ceux qui m'ont vu traîner d'au milieu d'eux

» Ne m'ont-ils pas promis un appui généreux?

» N'ai-je pas dû trouver un écho dans les ames,

» Quand je fus arrêté par ces sbires infames !..

» N'ai-je pas dû trouver aussi des protecteurs

» Dans ceux-là dont les mains ont forgé nos malheurs !

» Ils n'ont pas toujours eu la fortune prospère :

» Ils ont été comptés par les bourreaux naguère...

» Comme le vieux soldat, ils ont été proscrits !

» Eux, ils me sauveront! Mais qu'entends-je? Des cris !

» C'est devant la prison le peuple qui se presse...

» Grace! Grace! on dit : Grace! Eloignons la tristesse!

» J'en étais sûr !.. Ce mot est par tous prononcé !...

» On vient!.. Oh! la voici !... »


                    Tout son sang s'est glacé...

Des soldats , le geolier, le bourreau , le supplice

Et tous les instruments hideux de la justice

Sont là , devant ses yeux...


              « Ah! marchons!.. l'échafaud

» Est prêt, dit-il... la mort m'attend! allons! bientôt...

» Adieu ! mes chers enfants... ma famille chérie...

» Adieu ! tristes amis... trop ingrate patrie !.. »


Août 1833.

# XXVI

## LE RENDEZ-VOUS,

A M. Hippolyte Guérin.

# LE RENDEZ-VOUS.

### A M. Hippolyte Guérin.

Donne du cor ! A sa demeure !
   Car bientôt le beffroi
Du rendez-vous va sonner l'heure !
   Varlet ! vite mon palefroi !

La lune à l'horizon s'avance,

Et nous sommes loin d'ELLE encor !

Allons ! franchissons la distance !

Donne, varlet, donne du cor !


Que de ces bois l'écho fidèle

Redise à l'écho du manoir

Que Didier, auprès d'Isabelle,

Doit être heureux, ce soir !


Va ! déchire la terre et que ton pied la broie !

O mon coursier, dévore et l'espace et le temps !

Au bout de ta course est ma joie !

Va ! vole ! encor quelques instants !


Courage, allons ! courage !

Déploie, ô mon coursier, tes muscles vigoureux !

Elle est seule aujourd'hui ! Le Comte est en voyage.....

Didier, ce soir, doit être heureux !


Son voile sous le vent voltige à la fenêtre !

C'est le signal du rendez-vous !...

Hâtons-nous , hâtons-nous !

Elle m'attend... depuis longtemps, peut-être !


Enfin, voici le vieux manoir !

Tiens ! vois , regarde à la tourelle !

Oh ! c'est bien elle...

C'est Isabelle !...

Je vais donc être heureux , ce soir !


Juin 1834.

# XXVII

# LE TOMBEAU.

# LE TOMBEAU.

Minuit vient de sonner au beffroi du château !

Dans la ville tout dort ! On n'entend que la brise

Bruissant, comme un flot qu'un autre flot divise,

A travers les cyprès, ombrages du tombeau !

11

L'écho du marbre froid vient de répéter l'heure !

Les astres en points blancs brillent au bleu du ciel !

Rien ne trouble des morts le repos éternel,

Que le vent qui frémit sous le saule qui pleure...


Parmi tous ces sommeils que ne dort nul vivant,

Mes pas pieux foulaient les herbes de la tombe,

Et mes cheveux mouillés, par la fraîcheur qui tombe,

La nuit, en pleurs glacés, flottaient au gré du vent...

Près de moi, tout à coup, une voix faible, émue,

Exhale sa douleur en longs gémissements...

Ses soupirs, ses sanglots bouleversent mes sens...

Je m'arrête attentif : mon ame est suspendue...


Mais bientôt je m'approche à pas silencieux.

La voix était muette. A genoux sur la pierre,

Une femme versait ses pleurs et sa prière.

Sa douleur était grande ! Et parfois vers les cieux

Son regard s'élançait au travers de ses larmes...

En elle je croyais voir l'Ange des tombeaux !

Sa noire chevelure ondoyait en longs flots

Sur ses traits abattus et me voilait leurs charmes.


La prière un instant assoupit sa douleur,

Et puis sa voix reprit un ton encor plus sombre.

Je la vis s'agiter, comme un spectre, dans l'ombre,

Appelant son enfant! Ses cris fendaient le cœur :

— « O mon Alfred ! mon fils ! ta perte est bien amère !..

» Le soir pour toi si tôt ne devait pas venir !

» Le temps te promettait un si bel avenir !..,

» Tu devais être heureux, Alfred !... j'étais ta mère...


» Le Malheur sur mon front appesantit sa main...

» Depuis ta mort, mes jours sont abreuvés d'absinthe,

» Ils sont usés déjà... ma vie est presque éteinte...

» O mon fils, mon Alfred ! dors en paix.. A demain!.. »

Elle se tut. — On dit pourtant qu'à la même heure,

Des pas vers un tombeau se traînent languissants,

L'écho répète encor de douloureux accents...

Mais la voix a changé... c'est un autre qui pleure.

Juin 1835.

# XXVIII

## LA CHAPELLE AU CHÊNE.

PRÈS DE CHATEAU-CHINON.

# LA CHAPELLE AU CHÊNE,

### PRÈS DE CHATEAU-CHINON.

D'où vient, dans ces rameaux, cette blanche couronne
Qui donc a laissé là ce frais bouquet de fleurs ?
Serait-ce du passant l'offrande à la Madone ,
Ou les pieux présent que le Malheur lui donne ,
Humide encore de ses pleurs ?

Serait-il oublié par une ame troublée

Sous ces vieux arbres, où le pauvre pélerin

Vient chercher le repos pour sa vie ébranlée,

Où vient prier en paix le fils de la vallée,

     Quand la nuit couvre le chemin?


Hier est-il tombé des doigts de la prière,

Comme les fleurs d'un arbre agité par le vent?

Est-ce le voyageur, une main étrangère

Qui mêla ces parfums aux parfums de la terre,

     Ou bien un enfant du Morvand?


Est-ce encor le symbole offert par une amante

Aux mânes de celui qui faisait son bonheur?

Est-ce le vœu secret d'une vierge charmante,

Qu'un long chagrin d'amour, âpre douleur! tourmente,

     Dont l'absence a brisé le cœur?..

*Qu*'importe !... Que ce soit le remords, la prière,

Le chagrin au teint blême ou le riant espoir ;

Que ce soit l'ame impure ou bien le cœur sincère,

On est venu prier ! Ce bouquet solitaire

  Fut laissé dans l'ombre du soir !...


J'ai suspendu mes pas auprès de la Chapelle ,

Et j'ai prié, fervent... La Vierge sait pour qui :

La Vierge sait mes vœux ; les exaucera-t-elle ?

Reviendront-ils encor pour mon ame fidèle

  Ces jours de bonheur qui m'ont fui ?....


Mai 183.j.

# XXIX

## A MON FRÈRE.

# A MON FRÈRE.

Viens près de moi ! Louis , presse tes pas !
L'hiver a fui : la joyeuse hirondelle
Est revenue habiter nos climats !
Que ne viens-tu me visiter comme elle ?


De mon exil tu charmerais l'ennui ;
Tu me dirais tes légères folies ,

Tes vœux d'hier,  tes pensers d'aujourd'hui ,

Et tes soupirs et  tes mélancolies ;


Tu me dirais tes espoirs d'avenir ,

Tes longs regrets de l'enfance passée ,

— Rêve charmant , précieux souvenir ,

Flot où souvent va puiser ma pensée ! —


Viens vivre encor comme à nos plus beaux jours !

Viens près de moi laisser passer l'orage !

Oh ! viens mêler les deuils de tes amours

A mes chagrins , aux chagrins de notre âge !


Ah ! du passé qu'il est amer, le fruit !...

Apporte-moi ta rêveuse tristesse !

Moi , j'ai souffert ; les douleurs m'ont instruit :

Jeune , je sais consoler la jeunesse !

Pour recevoir les maux que tu ressens ,

Mon cœur est prêt , déjà mon ame s'ouvre !

J'effacerai , si je puis , de tes ans

Ce noir vernis de chagrins qui les couvre !


A mes avis ne reste donc pas sourd !

Viens ! je le sais , ta jeune ame est souffrante !

Notre fardeau nous semblera moins lourd :

Car la douleur à deux est moins pesante !


Viens ! quitte enfin ton fertile Berry ,

Les bords riants de la Loire et Sancerre !

Viens ! au Morvand le printemps est fleuri !

Viens ! je t'attends ! viens auprès de ton frère !


Avril 1853.

# XXX

## LA DÉCEPTION.

### A M. Morellet.

# LA DÉCEPTION.

A M. Morellet.

I

O mon ami, l'ennui ! voilà ma maladie :
C'est le souci cuisant, c'est la mélancolie,
Reptiles vénimeux qui dévorent nos cœurs;
C'est le chagrin, vautour à la serre cruelle
Qui déchire ma vie et s'acharne sur elle...
    Je suis abreuvé de douleurs !...

J'avais cru, moi, jeune homme, en entrant dans le monde,
N'y trouver que des cœurs limpides comme l'onde
Qui doucement murmure à des gazons fleuris...
Le monde est un torrent, enfant des noirs orages,
Qui hurle en bondissant, et sur ses deux rivages
          Ne laisse après lui que débris.


## II


Quand je n'étais qu'enfant, les amis de mon père,
Aussitôt que la nuit descendait sur la terre,
L'hiver, au coin du feu, se rassemblaient souvent;
Le flacon de Pouilly, la châtaigne grillée,
Nourrissaient leurs propos; quelquefois la veillée
          Se prolongeait assez avant.


Ils parlaient de combats, d'assauts et de batailles,
De peuples étrangers usant de représailles,

De Rois et d'Empereurs, de succès, de revers ;

Ils parlaient de cités dans la flamme expirantes,

Comme dans un torrent de laves bouillonnantes

De quelques vieux volcans ouverts.


Je ne me couchais point, et, la soirée entière,

Je jouais, autour d'eux, avec mon jeune frère ;

Ils me faisaient souvent asseoir sur leurs genoux,

Et, de l'air sérieux que l'avenir excite,

L'un d'eux me dit, un soir : « Mon enfant, grandis vite !

» Tu seras plus heureux que nous ! »


### III.


Faible enfant, abrité sous l'aile maternelle,

Je grandis vite, heureux ; mon enfance fut belle :

Comme la vôtre, ami, rien n'en troubla le cours...

Mais, tel un prisonnier que l'active souffrance

Depuis long-temps étreint, bercé par l'espérance,

    Dans l'avenir voit de beaux jours,


Je trouvais que du Temps la marche était trop lente,

J'avais de l'avenir une soif si brûlante

Que le présent passait laissant mes désirs creux!

J'espérais. J'attendais qu'arrivât la jeunesse,

Et je me promettais bonheur, plaisir, ivresse...

    Alors je devais être heureux...


## IV


Maintenant j'ai vingt ans! vingt ans... et je réclame

Ce bonheur qu'on avait promis à ma jeune ame,

Le fruit de cet espoir déposé dans mon cœur.

Mon ami, c'est en vain! croyez-moi : dans ce monde,

Le chagrin, la douleur dans toute vie abonde,

    Et jamais, jamais de bonheur!

J'ai vu peu de soleils et mourir et renaître,

Du monde cependant je sais déjà connaître

Et le froid égoïsme et les déceptions :

En buvant à longs traits à la coupe de vie

Mon regard en a vu le fond taché de lie...

J'ai perdu mes illusions...

Juin 1834.

# XXXI

# LE PÉLERIN.

A Madame la Marquise de Clugny.

# LE PÉLERIN.

A Madame la Marquise de Clugny.

De grace, ouvrez! disait, un soir,
Un pélerin, lent de souffrance,
A la porte d'un vieux manoir,
Aux champs heureux de la Provence.

Noble Dame, un toit pour la nuit!

Depuis long-temps l'orage gronde;

Au ciel aucun astre ne luit...

Ecoutez! Là-bas mugit l'onde;


Le vent courbe le front des bois,

Jette leurs débris dans la plaine;

Dans l'air on n'entend que sa voix...

Du pont-levis baissez la chaîne!


Des lieux où mourut le Sauveur

J'apporte avec moi des reliques!..

Peut-être battra votre cœur :

Je sais des hymnes, des cantiques,


Quelque récit de nos aïeux,

Quelque ballade, quelque histoire;

Je sais des chants de nobles preux

Beaux d'amour et couverts de gloire !


Et si pour quelque chevalier

Vous avez amour en votre ame,

Dites-le-moi : j'irai prier

Pour qu'il revienne, noble Dame !


Janvier 1836.

# XXXII

## LES DEUX AGES.

# LES DEUX AGES.

O ma mère, dis-moi : quand tu berçais la couche
　　Où s'endormait ton fils,
Lorsque tu l'inondais des baisers de ta bouche,
Dis-moi quels heureux jours tu lui croyais promis ?...

Ton fils ! oh !... c'était tout : c'était ton espérance,
C'était ton univers, c'était ton avenir !

Tu trouvais du bonheur même dans la souffrance
    Qu'à ton cœur il faisait venir.


  Puis tu l'embrassais ce fils, ton idole,
Joyeuse comme un Roi qui revient triomphant,
Ou tu le consolais par ta douce parole!...
Tu te donnais, ma mère, entière à ton enfant!


Tu le voyais grandir, s'élancer dans le monde,
Athlète courageux et plusieurs fois vainqueur,
Et tu le distinguais dans la foule profonde,
    Rayonnant de bonheur.


— Eh bien! ton fils... ton fils! cet enfant, ô ma mère,
Que ta main conduisit au seuil de la carrière,
Qu'en tes rêves d'amour tu voyais tant heureux,
Il a vingt ans, vingt ans... hélas! et sa jeunesse

A trompé  tes espoirs et les trompe sans cesse :

    Ton fils souffre... il est malheureux !


Son bonheur s'est brisé comme un vase d'argile !

Car tout, ici-bas , est illusoire et fragile :

    Tout bien durable vient du Ciel !

Mais ce Dieu qui parut sourire à son enfance ,

Ce Dieu l'a dépouillé même de l'espérance ,

    Ce Dieu l'abreuve encor de fiel...


Et pourtant il pouvait , lui dont la voix féconde

Du néant , en six jours , fit éclore le monde ,

Lui qui tient l'Univers dans le creux de sa main ,

Lui qui mène , à son gré , l'aveugle genre humain ,

Il pouvait, il pouvait, puisque rien ne lui coûte ,

A longs flots sur ma vie épandre le bonheur...

Hélas ! ma pauvre mère , il le pouvait, sans doute ,

Il ne l'a point voulu : ma part est le malheur...

Oh! qu'avais-je donc fait pour qu'il m'ordonnât d'être?

Dans la nuit du néant que ne m'a-t-il laissé?

Etait-ce pour souffrir que ce Dieu me fit naître?

S'il m'avait consulté, quand il m'accorda l'être,

    Je l'aurais refusé :

Car la vie est un fruit presque toujours acerbe,

    Presque toujours caché dans l'herbe,

Que le bonheur, soleil bienfaisant d'ici-bas,

    Ne mûrit pas!...


Aussi combien de fois n'ai-je pas, ô ma mère,

Conçu le vain projet de rendre à Dieu mes jours,

    De fuir ce monde où tout n'est que chimère,

    De le fuir pour toujours!

Septembre 1836.

# XXXIII

## LUI.

# LUI.

Quand le jour est tombé, quand la nuit est venue,
Et qu'une étoile d'or brille à travers la nue,
Quand de notre hémisphère enfin le jour a fui ,
Le long de ces vieux murs où la nuit est plus sombre ,
N'avez-vous vu jamais , ainsi qu'une vaine ombre ,
Glisser un homme?.. Eh bien! cet homme, c'était LUI!

Il vient ici , les soirs... tous les soirs , à cette heure ,

Chercher , l'ame altérée , autour de SA demeure ,

Quelque rêve joyeux pour son triste sommeil !

Il vient ici chercher , au milieu du silence ,

D'un amour plus complet la riante espérance ,

Suave fleur de nuit qui se fane au soleil !


Son cœur bat , son front brûle, et son regard ne quitte

Jamais un seul instant la maison qu'ELLE habite !

ELLE est son pôle , à LUI !... Pour l'entendre, la voir ,

Pour lui dire : JE T'AIME! à cette jeune femme ,

Aux griffes des Démons il jetterait son ame...

Il souffre, il aime, il n'est heureux, LUI , que le soir !...


Mai 1835.

# XXXIV

## SUR LA MORT

### DE

### MADEMOISELLE ÉLISA MERCŒUR.

### A Mademoiselle E. P.

# SUR LA MORT

## DE MADEMOISELLE ÉLISA MERCŒUR.

### A Mademoiselle E. P.

La misère a brisé les cordes de sa lyre ,

Et le dernier accord s'est éteint sous ses doigts....

Ainsi , quand vient l'hiver , tout chant joyeux expire

Sous l'ombrage effeuillé des bois !

Le monde ne sut point comprendre sa pensée :

Ses soupirs étouffés retombaient sur son cœur ,

Et sa voix se perdait dans la foule... oppressée

Comme un frais souvenir dans les jours de douleur.


Elle demandait peu, cependant, à ce monde :

Du pain !... Aux maux d'autrui l'homme riche se tait !

Nulle main ne s'ouvrit à sa misère profonde ;

      Pour elle aucun cœur ne battait...


Ses pensers , comme un aigle au vol hardi , rapide ,

S'élançaient radieux , planant vers l'avenir!

Et , bravant du présent l'indigence livide ,

Elle attendait la gloire en des temps à venir....


Mais la mort l'a frappée !.. Et son sublime rêve

S'est dissipé, semblable aux vapeurs du matin !

Ainsi la pauvre fleur dont se tarit la sève

    Voit se flétrir son blanc satin !


Sa belle ame trop tôt, hélas ! nous fut ravie !

Ses jours ne devaient pas encore être comptés !

Si jeune , elle savait pourtant de cette vie

Les sentiers déchirants et les aspérités....


Oh ! qui viendra mêler à l'herbe de sa tombe

La pieuse immortelle ou de pudiques fleurs ?

Pour elle qui viendra prier , quand le jour tombe ?

    Qui viendra lui donner des pleurs ?...


Personne..... Si ce n'est parfois sa pauvre mère ,

Dont le cœur est brisé par d'éternels regrets !

Seule elle versera des larmes sur sa pierre,

Et pendra la couronne aux branches du cyprès.

Janvier 1836.

# XXXV

# TRISTESSE.

# TRISTESSE.

Que je souffre, ô mon Dieu ! Seul avec ma pensée,

Je la tourne toujours et retourne en tous sens,

Mais rien ne me sourit... Mon ame est oppressée :

Je ne vois que des maux, que des regrets cuisants...

Personne près de moi dont la voix m'intéresse !

Personne dont le sein reçoive mes douleurs !

Personne pour m'aider à porter ma tristesse!

Personne dont la main puisse essuyer mes pleurs!

Seul, je gémis toujours !... Mon être se consume

Comme un foyer du soir laissé sans aliments ;

Pour moi l'heure, en passant, n'apporte qu'amertume :

Mes chagrins sont l'horloge où je suis les moments...

Du moins, il peut braver la fortune ennemie ,

Celui qui, dans ses maux , conserve encore un cœur !

Si versant ses douleurs dans le sein d'une amie ,

Il les voit partager... n'est-ce pas du bonheur ?


Mais, de quelque côté que se tourne la vue ,

Ne voir plus que le vide et son gouffre béant ;

Ne sentir en son cœur rien de doux qui remue ,

Puis être aux prises , nain , avec le mal , géant ;

Voir son crédule espoir s'enfuir loin du rivage ,

Semblable à ces vapeurs qui rident l'horizon ;

Entendre autour de soi toujours gronder l'orage,

Dont les flots déchaînés font sombrer la raison,

Dans un foyer qui meurt chercher une étincelle,

De la nuit du passé rappeler un moment ;

Regretter, jeune encor, l'enfance qui fut belle ;

Du présent qui s'enfuit redouter le tourment ;

Toujours vers la douleur avoir l'ame inclinée ;

Ne voir jamais pour soi resplendir un beau ciel ;

Voir la source qu'on boit soudain empoisonnée ;

Dans ses plus chers pensers trouver un peu de fiel...

Voilà de quoi briser tous les ressorts de l'homme,

De quoi faire saigner abondamment le cœur !

Ce sont des maux réels ! Qu'importe qu'on les nomme

Déception, Chagrin, Coup du Sort ou Malheur !...


Je croyais, autrefois, dans mon ame troublée,

Sentir bien fort déjà l'aiguillon des douleurs,

Je croyais, insensé ! voir ma vie accablée,

Lorsqu'à mes yeux sereins jaillissaient quelques pleurs!

J'étais bien malheureux alors de les répandre!..

Il me serait si doux de pleurer aujourd'hui!

Mais, ce bonheur, hélas! il me le faut attendre...

Rien, pas même des pleurs, pour calmer mon ennui!


Il me souvient qu'un soir, seul, perdu dans ma chambre,

Le front appesanti par un bien lourd chagrin,

Triste comme une nuit de ce mois de décembre,

Je recueillais mes pleurs dans le creux de ma main.

Une femme entr'ouvrit ma porte : c'était ELLE,

Ange brillant d'amour, sémillant de bonheur ;

Elle était douce et bonne autant qu'elle était belle ;

Elle apaisait toujours les troubles de mon cœur!..

J'étais heureux, alors! Respirant son haleine,

Ivre des longs baisers que sa bouche épandait,

Je sentais en mes sens l'émotion soudaine,

J'oubliais l'univers... et mon cœur me quittait !

O rayon de bonheur ! douce et blanche colombe !

Source vive ! oasis verdoyant au désert !

Hélas ! pourquoi faut-il que l'un de nous succombe ,

Laissant l'autre souffrir, quand il a tant souffert ?

Depuis qu'à mon amour le destin t'a ravie ,

Nul instant n'est passé qui fut heureux pour moi ;

Rien ne peut ramener le calme dans ma vie ,

Si ce n'est l'espoir d'être un jour auprès de TOI...


Décembre 1836.

# XXXVI

# LE DÉSESPOIR.

# LE DÉSESPOIR.

« Sur mon front j'avais vu passer dix-sept années,

» Et j'espérais bientôt voir fleurir le bonheur....

» Vaine et folle espérance ! au souffle du malheur,

» Les roses du chemin pour moi s'étaient fanées.


» Et pourtant , je cueillais cet âge où le plaisir

» Fait palpiter le cœur d'une fougueuse ivresse !

» Mes yeux, brillant du feu d'une ardente jeunesse,

» Rapides s'élançaient au seuil de l'avenir.


» Mais pour moi l'avenir était froid et sans vie ;

» Le dégoût ternissait les jours de mon printemps ;

» Je sentais de la Mort les doigts osseux et lents

» Effeuiller, chaque jour, ma jeunesse flétrie....


» Jusqu'ici l'espérance a soutenu mes pas.....

» Jusqu'ici j'ai traîné mes jours dans la tristesse...

» C'en est fait maintenant : le courage me laisse...

» Je veux mourir... mon ame invoque le trépas !.. »


Il se tut. — Accablé par la mélancolie,

Malade du présent, redoutant l'avenir,

Las, enfin, de porter le fardeau de la vie,

Le jeune homme haletant s'arrêta... pour mourir...

Octobre 1833.

# XXXVII

## LA BRISE DU SOIR.

# LA BRISE DU SOIR.

Brise du soir , glissant sur la bruyère ,
Dis-moi quel bruit , éveillant les échos ,
Vient se mêler aux parfums des coteaux ?
— D'un cœur brisé serait-ce la prière ,

Le clapotis d'une vague qui dort ,

Un souffle pur qui traverse la plaine,

Un rêve frais , une amoureuse haleine,

Ou des soupirs échappés à la mort?


Est-ce le bruit d'une branche plaintive,

Que fait ployer une vierge en passant ?

Est-ce un baiser du zéphir caressant,

Un doux murmure aux herbes de la rive ?

Est-ce des fleurs le langage d'amour ,

Leurs voluptés , leurs vœux et leur ivresse ,

Ou bien encor les mots qu'au Ciel adresse

Le malheureux , vers le déclin du jour ?


Est-ce la voix d'une femme qui prie ,

Seule , à genoux , sur le marbre dormant

Où gît en paix le corps de son amant ?

Est-ce un soupir poussé pour la patrie ?

Est-ce le chant d'un oiseau qui s'éteint?

Est-ce le pas d'un follet ou d'un gnôme,

Les accents creux de quelque noir fantôme,

Un cri de peur causé par un lutin?


Dis-moi : comme les lampes suspendues

Qui, dans la nuit, éclairent le saint lieu,

Tous ces soleils que la droite de Dieu

Plaça nombreux à la voûte des nues,

Et qui, là-bas, scintillent sur les eaux,

Expliquent-ils ce besoin de notre ame,

Ce doux rayon, cette divine flamme

Qui brille encore au-delà des tombeaux?

Mai 1833.

# XXXVIII

## LE FANTOME.

# LE FANTOME.

Dis-moi : vois-tu , là-bas, où la nuit est plus sombre ,
Près des murs de la tour, sous les vieux sapins verts ,
      Vois-tu glisser une ombre,
Comme le vent du soir dans ces toits entr'ouverts ?

Vois-tu son grand œil bleu, son regard de créole,

Son souris gracieux, frais comme le bonheur,

Sa bouche murmurant encore la parole

    Qui coulait de son cœur?


Vois-tu son léger corps, sa taille vaporeuse

Se balancer au vent comme une écharpe d'or?...

    Regarde... hélas! heureuse,

On dirait que près d'elle, elle m'attend encor!...


Tu la vois, n'est-ce pas?.. N'est-ce pas que c'est ELLE?..

Un long regard d'amour dort toujours dans ses yeux;

La mort n'a point blêmi ses traits... vois! elle est belle

    Comme un ange des Cieux!...


Hier, quand l'angelus sonnait à la chapelle,

Nous étions tous les deux, là-bas, où tu la vois...

Nous étions... chère Angèle,

Qui m'eût dit que c'était pour la dernière fois!...


Tiens!... regarde!... son nom a frappé son oreille...

Elle se lève, puis s'assied, se lève encor...

Il semble qu'en sursaut la pauvre enfant s'éveille,

Après un rêve d'or.


De quelque amer penser son ame est agitée,

Un âpre souvenir la déchire en ces lieux;

Et son aile argentée

Tente déjà son vol pour remonter aux Cieux...


Elle va fuir, hélas! — Vers la voûte éternelle

Oh! que ne puis-je aussi m'élever avec toi!...

Au séjour des Elus, daigne au moins, mon Angèle,

Daigne penser à moi!...

Avril 1837.

# XXXIX

## LA NUIT.

Fragment.

# LA NUIT.

## Fragment.

Dieu ! que j'aime la nuit, la nuit calme, sereine,
Avec ses vagues bruits qui roulent dans la plaine,
Avec son doux murmure et son air frais et pur,
Avec ses soleils d'or et son beau ciel d'azur !....

Dieu! que j'aime la nuit ! — Le jour est à la peine ,
Au travail , au chagrin , au remords , à la haine ,
Aux espoirs décevants ; mais quand des noirs coteaux
Le crépuscule étend ses brumes sur les eaux ,
Quand le jour va s'éteindre, — à cette heure, — on oublie
Les choses de ce monde , et l'ame recueillie ,
Comme l'abeille aux fleurs , s'élance vers les Cieux !


O vous qui vous plaignez d'un sort trop rigoureux ,
Vous qui pensez avoir toujours la vie aride ,
Vous n'avez donc jamais , par une nuit splendide ,
Loin des murs des cités , porté vos pas errants
Dans les bois, sur les monts , aux rives des torrents ?
Non ! Si vous l'aviez fait , vous auriez dans votre ame
D'un bonheur qui vous fuit retrouvé quelque flamme,
Et vous sauriez que Dieu , dans nos calamités ,
Nous donne quelquefois de saintes voluptés !

. . . . . . . . . . . . .

. . . . . . . . . . . . . .

Minuit vient de sonner !.. C'est l'heure du mystère !

Le sommeil a semé ses pavots sur la terre !

Tout dort : je n'entends plus que la voix du grillon ,

Jasant avec la caille au milieu du sillon !..

Et je suis seul , perdu dans ce vaste silence !...

A mes pieds se déroule une prairie immense ,

Dont la lune blanchit le modeste gazon !

Et des monts escarpés , bornant mon horizon ,

Géants audacieux , de leurs têtes chenues

S'élèvent vers le ciel et vont frapper les nues...

. . . . . . . . . . . .

. . . . . . . . . . . . .

. . . . . . . . . . . .

. . . . . . . . . . . . .

Tout est grand ! tout émeut ! tout captive , la nuit !

Le vermisseau rampant , la feuille qui bruit ,

Sur un lit de gazon le mince flot qui coule ,

L'insecte étincelant qui sur l'herbe se roule ,

Du nocturne hibou les lugubres accents

Et le bruit que l'on fait en marchant à pas lents !....

.   .   .   .   .   .   .   .   .   .   .   .   .   .   .

.   .   .   .   .   .   .   .   .   .   .   .   .   .   .

Mai 1834.

# XL

## A MES VOISINS.

# A mes Voisins.

## I

Vous chantez, mes voisins ! au milieu de la joie

Et des fêtes du soir , nul chagrin ne tournoie :

      Vos ris sont éclatants...

Mais tous ces chants joyeux, tous ces bruits d'allégresse

Ne peuvent arracher le sceau de la tristesse ,
   A mon front de vingt ans.


Vous chantez !... la gaîté dans vos chants répandue
Annonce un soir serein ; tel on voit sous la nue
   Briller un astre d'or !
Quand une voix s'éteint, votre jeune famille
Suspend ou sa lecture, ou ses travaux d'aiguille
   Pour écouter encor !...


Vous chantez !... et vos chants, venant à mon oreille ,
Rappellent à mon cœur les chagrins de la veille ,
   Ravivent ma douleur....
Et pourtant j'ai chanté ! mais c'est qu'alors mon ame
Ne voyait que le bien dans tout ce que l'on blâme
   Et croyait au bonheur.

## II

Chantez , chantez ! mes cils vont voiler ma prunelle !
Faites revivre en moi l'amour que j'eus pour ELLE !...
  Doux et frais souvenir !...
Ces chants étaient mes chants , et cette voix sonore
Etait aussi ma voix.... Chantez, chantez encore !....
  Moi, je vais m'endormir.....

## III

Et le sommeil viendra , joyeux , sur ma paupière ,
Faire des rêves d'or, scintiller la lumière ,
  Des rêves tout d'amour !
Au rendez-vous de nuit son image fidèle
Accourra... Je croirai , mes amis , que c'est ELLE....
  Jusqu'au lever du jour....

Mais alors tout fuira, ce nuage de flamme

Et ces flots de bonheur où se plongeait mon ame ,

Au milieu du sommeil....,

Plus de transports pour moi, plus de folles ivresses !

Plus de baisers brûlants , plus de douces caresses ,

Quand viendra le réveil !....

Juin 1834.

# XLI

## RÊVERIE.

# RÊVERIE.

Alors que le présent est mauvais, on espère !

Et les maux sont moins lourds : demain sera meilleur !

Demain ! folle espérance, illusion, chimère !

Demain, c'est aujourd'hui ! demain, c'est le malheur !

Ce demain plus heureux, c'est vain que de l'attendre !

Si le matin est froid, le soir sera-t-il beau?...

Je ne veux point d'un mot qu'on ne puisse comprendre ,

Point de lac sans reflet, point de désert sans eau,


Point de champ sans épis , point de pré sans verdure,

Point de verger sans fruits , point de fruit sans saveur,

Point de cep sans raisins, point de bois sans murmure,

Point de jardin sans fleurs , point de fleur sans odeur,


Point d'hiver sans foyer, point d'été sans ombrages,

Point d'orphelin sans toit, point de maux sans abris ,

Point de ruche sans miels , point d'arbre sans feuillage ,

Point de chant sans gaîtés , point de gaîté sans ris,


Point de jeu sans plaisir, point d'amour sans ivresses,

Point de soifs sans boisson, point d'appétits sans pain,

Point de route sans chars, point de char sans vitesses,
Point de marche sans but, point de course sans fin,


Point de flot sans courant, point de barque sans voiles,
Point de ciel sans azur, point d'ombres sans fraîcheur,
Point de jour sans soleil, point de nuit sans étoiles,
Point de cœur sans écho, point d'ame sans bonheur!...


Mai 1833.

# XLII

# ÉPITRE

## A M. Gallois.

# ÉPITRE.

## A M. Gallois.

Ami, si, par hazard, en descendant le val,
Quelque chose faisait broncher votre cheval,
Arrêtez ! arrêtez!... mais n'ayez pas de crainte :
Il se peut que ce soit le torse d'une sainte,
Dont la tête est, là-bas, dans le ruisseau qui fuit,
Et qu'on aura laissé, quand arriva la nuit!

Cette statue ornait jadis une chapelle.

Où fut-elle ? On ne sait. Plus rien ne le rappelle

Que le livre de compte où les vils acheteurs

Ont calculé leur vente.... Infâmes destructeurs

Aux cœurs métallisés, exécrables vandales,

Qui d'une sainte église et de pieuses dalles ,

Ont bâti des maisons mesquines et sans goût,

Et peut-être pavé le conduit d'un égoût !


Mais restez à la ville ou courez la campagne ,

Même indignation partout vous accompagne !

Ici, des chapiteaux sur la terre jonchés ,

Là, de nobles débris dans les ronces couchés ,

Partout, quelques castels aux murs jadis superbes ,

Enfouis et perdus maintenant dans les herbes !...

Si l'on en voit encore un vieux reste qui pend ,

Où court et siffle en paix , tout le jour , le serpent,

Un reste qui rappelle une gloire passée ,

Et vers laquelle on aime à jeter sa pensée,

Attendez, mon ami !... Bientôt son tour viendra,

La Bande-Noire aussi près de lui passera ;

Puis, tout compté : les frais et la pierre de taille,

Dira : L'affaire est bonne ! Et la vieille muraille

Tombera..... Le manoir du noble châtelain

Aura servi plus tard à bâtir un moulin !


Oh ! d'indignation mon ame s'est émue,

Un jour qu'il m'arriva de trouver, dans la rue,

Près d'une vieille église, un groupe de gamins ,

Tous gais et tous bruyants , qui tenaient à leurs mains,

Chacun un des morceaux de ces vitraux gothiques,

Dont nos aïeux avaient orné leurs basiliques.

A travers ces débris, ils voyaient le soleil

Jaune, pourpre, doré, bleu d'azur ou vermeil ;

Puis joyeux, ils riaient comme on rit à leur âge !

Et moi ! je me sentais un mouvement de rage

Monter soudain au cœur, en voyant ces enfants
Jouer avec ce verre, et jouer triomphants!


Mais vous que le passé, comme un chant de victoire,
Emeut, quand vous lisez ces feuillets de l'histoire,
Tachés de pleurs, de sang et puis déjà si vieux
Que tout ce qu'on y voit nous semble fabuleux ;
Lorsque vous déchiffrez ces poudreuses chroniques,
Albums, pleins de castels et d'églises gothiques,
De nobles châtelains et de preux chevaliers,
Et de moines armés de croix, de boucliers ;
Lorsque devant vos yeux flotte le Moyen-Age,
Comme un débris perdu qui sur les eaux surnage,
Vous trouvez, n'est-ce pas, au fond de votre cœur,
Un trop juste mépris pour un démolisseur?..


Nevers avait encore une romane église

Dont le neuvième siècle avait posé l'assise.

C'était un monument conservé précieux

Comme un joyau sacré qu'on tient de ses aïeux.

Sous le roi Charlemagne, un Évêque, un saint homme

Avait fait élever Saint-Sauveur ; et Jérôme,

Dans ses travaux aidé par les royaux bienfaits,

A des Bénédictins ouvrit ce lieu de paix ¹...

Alors ses plus beaux jours ! Dans sa pieuse enceinte

La vie était austère, heureuse, presque sainte ;

Le temps y coulait pur comme l'eau du rocher

Qui jaillit, quand Moïse eut ordre d'y toucher ;

A l'ombre de ces murs, dans cette solitude,

On a prié, jeûné, travaillé : car l'étude

Et la prière avaient presque tous les instants

¹ L'église de l'ancien Prieuré de Saint-Sauveur, qui s'est écroulée dans la nuit du 14 au 15 Février 1838, appartenait au roman fleuri et était un monument des plus intéressants pour l'archéologue. Ce monastère avait été fondé, en 800 ou 810, par Saint-Jérôme, Evêque de Nevers, aidé de la munificence de Charlemagne, dont la fille y avait, dit-on, été enterrée; il fut d'abord affecté à des Bénédictins.

De ces religieux et dévots et savants !

Quelques siècles après, l'antique monastère,

Privé de ses abbés, devint un séminaire

Qu'ont longtemps dirigé les fils de Loyola [1].

Puis, à l'édit d'exil, tout le nid s'envola !

Et, pendant trente-un ans, la vieille basilique

Vit les flots de la foule inonder son portique [2].

Mais le règne des Rois à son terme touchait

Et le règne du peuple à son tour approchait :

Venait Quatre-Vingt-Treize, avec sa nouvelle ère,

Ses lois, ses hommes neufs !... Et l'ire populaire

Au vent, de ses vieux Rois, jeta les ossements

Et vendit à l'encan tous ses vieux monuments ;

Sur l'échafaud royal trôna la République !....

[1] En 1709, l'évêque Edouard Bergedé fit de Saint-Sauveur un sémi-naire, dont il confia la direction aux Jésuites, qui la conservèrent jus-qu'à leur expulsion.

[2] L'église de Saint-Sauveur fut paroissiale de 1762 à 1793, époque à laquelle on la vendit comme bien national.

Pour quelques assignats la vieille basilique

D'un riche commerçant devient propriété [1].....


Vous par qui Saint-Sauveur fut alors acheté,

Comment avez-vous pu d'une si belle église

Faire un grand magasin, une ignoble remise,

Entendre à tous moments les pieds de vos chevaux

Piaffer et troubler le sommeil des tombeaux?

Comment avez-vous pu souiller, d'une litière,

La dalle où vos aïeux répandaient la prière?

Comment avez-vous pu, sans honte, sans remords,

---

[1] Devenue propriété particulière, chacun jouit de la vieille église, comme il l'entendait : elle servit tour à tour de remise, d'écurie et de magasin. Les uns trouvèrent le sol trop élevé, et, pour l'abaisser, ils déchaussèrent les fondations des murs et des piliers intérieurs ; d'autres, pour établir un plancher, pratiquèrent plusieurs trous dans les piliers et dans les chapiteaux. Il n'y a pas jusqu'aux voisins qui ne voulurent aussi utiliser, à leur profit, ce vandalisme. La niche d'un saint servit à celui-ci de garde-manger ; celui-là, de l'espace compris entre deux ogives, se fit une chambre d'enfant, et d'une ancienne croisée, un cabinet de toilette.

Oublier le respect que chacun doit aux morts ?...

Et qui l'a fait crouler, Saint-Sauveur ? On l'ignore !

Tout le monde le sait : c'est vous, vous seul, encore !

Il est vrai qu'elle avait vu passer bien des ans ;

Mais si vous n'aviez pas, sapant ses fondements,

Fait qu'elle chancelait ainsi qu'un vieillard ivre,

Que de siècles encor cette église eût pu vivre !...

Elle serait debout ! Longtemps le voyageur

S'arrêterait, pensif, aux pieds de Saint-Sauveur !...


Mais Saint-Sauveur n'est plus...


       Quel autre qu'un vandale

Au cœur étroit et sec, et dur comme une dalle,

Être impassible, froid, qui rit parfois du mal ,

Et qui vit sa journée ainsi qu'un animal ,

Peut entendre craquer un monument qui croule,

Mon Dieu ! pas plus ému que si c'était la foule

Qui passe près de lui, bourdonnant, chaque soir,

Ou son voisin, vieillard qu'il est lassé de voir !

Lui ! que l'église tombe ou que son voisin meure,

Allez ! vous le verrez au seuil de sa demeure,

Debout, les bras croisés, et clignotant des yeux !

Parlez ! il vous dira : Dame, c'était bien vieux !


Pour vous, ami des arts, vous, habile antiquaire,

Qui du vieux Nivernais fouillez le reliquaire,

De vos yeux attendris une larme a roulé...

Regrettez avec moi Saint-Sauveur écroulé !


Février 1838.

# LXIII

## SUR LA MORT

### DE

### MADEMOISELLE STÉPHANIE DESVEAUX.

### Aux Élèves de Mademoiselle Raussin.

# SUR LA MORT

## DE MADEMOISELLE STÉPHANIE DESVEAUX [1]

### Aux Élèves de Mademoiselle Raussin.

Morte !... encore une jeune fille,
Hélas ! encore une de vous
Qu'aux tendresses de sa famille
Vient de ravir le Ciel jaloux !...

[1] Mademoiselle Ambroisine-Stéphanie Desveaux est morte, à Nevers,
à l'âge de seize ans, le 27 Novembre 1839.

Encore une fleur abattue,

Un fruit qui tombe avant l'été,

Une voix qui s'éteint avant d'être entendue,

Encore un espoir avorté!...


Vous, enfants, qui l'avez connue,

Vous, ses compagnes, vous, ses sœurs,

Vous, qui de son ame ingénue

Goûtiez le charme et les douceurs,

De la modeste Stéphanie

Pleurez le précoce trépas!...

Pleurez-la!.... pour toujours elle vous est ravie!..

Pleurez! mais ne murmurez pas!


Oh! dans votre tristesse amère,

N'accusez point Dieu de rigueur!

Si la Mort l'enlève à la terre,

C'est pour un monde bien meilleur!

Oui, si la Mort, à son aurore,

L'arrache soudain à vos yeux,

C'est qu'à Dieu, pour chanter sur la lyre sonore,

Il faut encore un ange aux cieux !...


28 Novembre 1839.

# LXIV

## LE JEUNE HOMME.

# LE JEUNE HOMME.

Quand la foudre , soudain s'élançant de la nue ,
Aigle aux ailes de feu , plane sur les humains ,
L'humanité frémit, consternée , éperdue :
Elle étend vers le Ciel ses suppliantes mains.

Ainsi, quand dans le rêve où le berce le monde,

Le jeune homme, déjà, déshérité d'espoir,

Entend dans l'avenir l'affreux malheur qui gronde,

Il s'attriste en pensant aux orages du soir.


C'est que tout a trompé sa crédule espérance ;

C'est que ses avenirs se sont tous avortés ;

C'est que tout a menti ; c'est qu'une âcre souffrance,

Des douleurs sont les fruits que le Temps a portés.


Pour lui tout s'est fané : plus rien ne lui rappelle

Ces suaves bonheurs qu'il eut à son printemps.

L'horizon s'est couvert ; l'orage s'amoncelle,

Et tout autour de lui mugissent les autans ;


Le passé seul remplit les instants de sa vie ;

En lui seul il est bien, il ne vit que de lui ;

C'est son foyer brillant , sa source non tarie ;

C'est l'unique flambeau qui l'éclaire aujourd'hui !

Que doit-il espérer des jours qui doivent naître ,

Si, jeune, il ne sent pas remuer en son sein

Un germe de bonheur qui doit bientôt paraître ,

Si l'espoir ne fleurit déjà plus sous sa main ?

Ses jours vont pâlissant comme une lampe vide ;

Ils répandent à peine une faible lueur ;

Le chagrin est écrit sur son front qui se ride :

Il envahit son ame, il envahit son cœur...

Juin 1836.

# XLV

# VAUVRILLE.

### A Madame d'A.

# VAUVRILLE.

## À Madame d'A.

Ils devaient être forts, ces âges héroïques
Qui jetèrent au sol ces tourelles gothiques,
De la chaîne des temps invincibles anneaux !
Ces squelettes brisés de l'obscur Moyen-Age

Se dressent , fiers encor de leur antique image,

    Sous leur couronne de créneaux !....


Je sens mon cœur bondir comme dans un beau rêve,

Quand je vois un manoir , ruine qui s'achève,

Un castel qu'entouraient des flots verts, endormis,

Qui croupissaient autour, sans rides , sans murmure,

Rempart large et profond , féodale ceinture,

    Dont l'agrafe est un pont-levis !....


Avant que sur Vauvrille eut soufflé la tourmente

Des siècles , noir simoun qui disperse la tente

De l'Arabe au désert et le château des Rois,

Il fut joyeux et grand, il eut amour et gloire,

Son enceinte vibra sous des chants de victoire

    Et gémit sous de tendres voix ;

Il eut ses jours heureux, sa riante jeunesse ,

Ces moments de la vie où déborde l'ivresse....

Un beau nom sur ses murs répand quelque splendeur :

L'Histoire l'a gravé sur une de ses pages ;

On le verra briller dans le lointain des âges

      Avec celui de Jacques Cœur,


Agnès Sorel !... Vauvrille a reçu jadis celle

Qu'aima tant Charles-Sept ; et dans cette chapelle,

Dont la ronce à présent envahit les parvis ,

Agnès a prié , quand la pluie et le tonnerre

Ebranlaient les vitraux qu'a remplacé le lierre ,

      Serpent qui ronge les débris !


Et puis, combien de fois n'est-elle pas allée

Se promener, rêveuse, au sein de la vallée ,

Quand la nuit descendait sous ces ombrages frais ?

Quelque penser plissait son front. L'absence

De son royal amant, sans doute ? — Oh ! non , la France

Soumise au pouvoir des Anglais.


Elle oubliait l'amour ! Alors la pauvre femme

A de graves pensers abandonnait son ame.

Elle aimait son pays et voulait le venger ,

Rendre la France au Roi , Charles-Sept à la France .

Et courber de Bedfort la superbe insolence ,

En brisant son joug étranger...


Si l'Anglais fut chassé de notre territoire ,

Agnès à Jeanne d'Arc en dispute la gloire :

L'une entraînait le chef et l'autre, les soldats ;

Toutes les deux voulaient affranchir la patrie ;

L'une donnait au Roi sa bouillante énergie,

    Et l'autre gagnait des combats !...


Madame, dites-moi : quand vous êtes passée

Auprès de ces vieux murs, quelque grande pensée

N'a-t-elle pas soudain remué votre cœur ?

Ces tours qui se perdaient dans un ciel solitaire,

Et dont les noirs créneaux sont épars sur la terre,

    Débris du temps vainqueur,


Cette voûte profonde à tous les vents ouverte,

Ces remparts écroulés à la ceinture verte,

Que dore le soleil, en se jouant, le soir,

Puis, comme le bonheur à côté de la tombe,

La plaine qui sourit près du castel qui tombe,

    Là... tout a dû vous émouvoir !

Ainsi tout disparaît! Les Empires éboulent ;

Sous leur propre fardeau tous les siècles s'écroulent ;

Le Temps aux bras de fer renverse d'un seul coup

Ce qui fut grand et beau , castel ou jeune fille....

Que nous a-t-il laissé d'Agnès et de Vauvrille ?

        Un nom.... quelques pierres debout...

Octobre 1835.

# XLVI

## ADIEU AU MORVAND.

# ADIEU AU MORVAND.

Adieu, Morvand , pays tranquille ,
Où j'ai dépensé mes beaux jours !
Bois frais , mystérieux asile ,
Témoin discret de mes amours !

Adieu, coteaux, douces collines ,
Monts où m'a surpris le matin ,
Ivre d'émotions divines ,

Promenant, d'un pas incertain,

Mes rêveuses mélancolies !

Je ne verrai plus tes prairies ,

Je ne verrai plus le soleil ,

Des noirs sommets de tes montagnes .

Inonder tes belles campagnes

De son reflet jaune et vermeil !

Je n'irai plus chercher, sous l'ombre

De tes bois au feuillage sombre ,

Le calme, le silence , le frais ;

Ils n'auront plus mes doux secrets !


Adieu, vallons, fertiles plaines ,

Rochers arides, lacs d'azur ,

Bois murmurant , ruisseau si pur ,

Où j'allais endormir mes peines !

Demain , je serai loin de vous :

Je vais courir un autre monde ,

Adieu !.. Mais , quoi! l'orage gronde
Et le ciel s'arme de courroux.
Triste augure! fatal présage !
Quelle tourmente, quel orage
Me garde encore l'avenir ?
N'ai-je pas souffert, à mon âge ,
Les maux que chacun peut souffrir !
Oh! pourquoi d'une plainte amère
Encore fatiguer le sort ?
Pourquoi jeter l'œil en arrière ?
Je vais peut-être entrer au port.
Car tout homme a sa coupe à boire ,
Tout homme a sa part de douleurs
Après l'obscurité, la gloire,
Comme la joie, après les pleurs!....


Adieu ! quand mes jeunes années
Sur mon front se seront fanées,

Je reviendrai voir mon Morvand !

Et j'y retrouverai, sans cesse,

Les souvenirs de ma jeunesse,

Passés comme une voix du vent;

Et je visiterai les arbres

Ornés de mes chiffres d'amour,

Comme on va visiter les marbres

De celle qu'on aimait un jour !

Octobre 1838.

FIN.

# TABLE.

# TABLE.

19

FIN DE LA TABLE.

www.ingramcontent.com/pod-product-compliance
Lightning Source LLC
Chambersburg PA
CBHW071847020726
47502CB00003B/633